edition lichtland

edition Lichtland
Stadtplatz 4, 94078 Freyung
Deutschland

Umschlaggestaltung: Edith Döringer
Umschlagfoto: Georg Knaus
Satz: oy design Hermann Schoyerer
Druck: Rosenthaler Druck

1. Auflage 2011

ISBN-13: 978-3-942509-10-7
www.lichtland.eu

Marianne Loibl

TIEF IM WALD

Mord in Ringelai

edition LICHTLand

Inhalt

Prolog

Ein Kranz aus Schweißperlen bedeckte ihre Stirn.
Ihr Blick war auf ihn gerichtet. Langsam öffnete sie den Mund, unfähig zu sprechen. Erneut bebte ihr Körper und die Krämpfe erschwerten ihr das Atmen.
Er tastete nach ihren kalten Händen.
Je verzweifelter sie gegen den nahen Tod ankämpfte, desto ruhiger wurde er. Eine Woge tiefster Zufriedenheit erfüllte ihn mit Wärme und einem vorher nie gekannten Hochgefühl.
Als ihr Atem stockte und mit drückender Stille der Tod in den Raum trat, beugte er sich über ihr Gesicht und küsste sie.

Die Idylle trügt

„Johanna, pass auf! Eine Wespe!“ Mit einer Handbewegung wehrte Johanna das Insekt ab, ohne hinzusehen. Die Wespe prallte gegen ihren Fingerknöchel und wurde geradewegs in ihr leeres Wasserglas katapultiert. Mechanisch drehte Johanna das Glas um.
Ulla zog eine Augenbraue in die Höhe. „Einen Cent für deine Gedanken“, brummte sie.
„Was?“, murmelte Johanna und sah ihre Freundin an, als hätte sie Ulla eben erst wahrgenommen.
„Ist es wegen Chris? Hast du die Trennung immer noch nicht überwunden?“ Ulla nestelte an ihrer Kette aus Kristallperlen.
Johanna seufzte und nippte an ihrem Cappuccino, statt zu antworten. Verstohlen rieb sie ihre rechte Schläfe, hinter der seit kurzem ein Kobold mit Spitzhacke zu arbeiten schien.

Menschen eilten am Straßencafe vorbei, auf dem Weg zur Mittagspause, ähnlich sommerlich gekleidet wie Ulla und Johanna, um diesen Arbeitstag im Juli so angenehm wie möglich zu überstehen. Johanna nahm all das gedämpft wie durch eine Schicht aus Watte wahr. Vor wenigen Stunden hatte sich ihr Leben drastisch geändert und es gelang ihr noch nicht, die Situation zu erfassen.

„Hast du wieder Kopfschmerzen?“, fragte Ulla mitfühlend.
Johanna nickte. „Aber das ist nicht das Problem, und auch nicht Chris“, sagte sie und wunderte sich selbst über ihre brüchige Stimme. „Ich habe heute Morgen nach der Abteilungskonferenz erfahren, dass ich ab Montag Gänseblümchen pflücken darf.“
Ullas Augenbraue schob sich wieder in die Höhe.
„Entschuldige, wenn ich dir nicht ganz folgen kann. Hast du irgendwas gegen deine Kopfschmerzen eingenommen, was dir nicht bekommen ist?“
Johanna warf ihrer Freundin einen vernichtenden Blick zu.
Ulla hob sofort die Hände.
„Entschuldige bitte! Keine Witze über Migräne! Ich weiß, du leidest sehr darunter. Aber ich verstehe nicht, was du mir sagen willst. Kannst

du dich konkret ausdrücken?“ Ullas Augen blitzten und ihre Lippen bebten vor Ungeduld.
„Meine Abteilung wird geschlossen“, sagte Johanna mit gepresster Stimme. „Samt Chef. Einfach so. Es gibt eine gewisse Abfindung, aber keinerlei Bemühen, uns irgendwo anders im Konzern unterzubringen. Nicht einmal für ein Jahr.“
Johanna blickte ihrer Freundin prüfend ins Gesicht, gierig darauf, jede kleinste Reaktion wahrzunehmen. Zufrieden bemerkte sie, dass Ulla die Nase kräuselte, wodurch sich die Sommersprossen zusammenschoben und den Nasenrücken dunkler färbten. Dann starrte sie auf die Wespe, die verzweifelt im Inneren des Glases auf- und abkrabbelte.
„Der Bockhold hat fast geweint“, murmelte sie dabei. „Es ist komisch, seinen Chef, der als scharfer Hund bezeichnet wird, plötzlich so machtlos zu sehen.“
Wieder sah Johanna Ulla prüfend an, die nun noch intensiver an ihrer Kette zwirbelte.
„Das ... tut mir leid, Johanna. Wirklich. Da fällt mir jetzt auch nichts ein. Und du weißt, wie ungewöhnlich das ist“, bekannte Ulla. Tatsächlich wirkte sie eigenartig blass unter dem Make-up.
Die Wespe saß auf der Tischdecke. Johanna drehte das Glas um und zerdrückte das Insekt mit dem Glasboden. Es gab ein Geräusch, als würde eine Nussschale zerquetscht. Die Wespe hatte ihr irdisches Dasein beendet.
Die Dramatik, die hinter dieser wütenden Geste steckte, konnte Ulla nur erahnen. Sie kannte Johanna seit der Schule und wusste, dass es nur wenige Menschen gab, die so sanft und tierlieb waren wie Johanna, die selbst Spinnen in Plastikbechern zu fangen versuchte, obwohl ihr allein der Anblick schon Gänsehaut verursachte. Mitfühlend legte Ulla eine Hand auf Johannas Arm.
„Wenn ich dir nur helfen könnte!“
Johanna versuchte zu lächeln. „Lieb von dir! Aber ich fürchte, da muss ich ganz alleine durch“, flüsterte Johanna. Sie griff wieder an ihre Schläfe.
„Hast du schon eine Tablette genommen?“, fragte Ulla.
„Ja, aber die wird wie immer nicht wirken.“
„Es ist schon verrückt!“, brummte Ulla und schüttelte wütend ihre Locken. „Da schieben Firmen-Manager Millionen von Gewinnen

aufs Konto und entlassen Tausende von Mitarbeitern. Wie haben sie es diesmal begründet?"

„Gar nicht wirklich", sagte Johanna nachdenklich. „Ein Teil der Produktion geht ins europäische Ausland und unsere Entwicklungsabteilung löst sich komplett auf."

„Du hast prima Zeugnisse. Bestimmt findest du bald etwas Neues", versuchte Ulla zu trösten.

„Kann sein. Ich bin nicht verheiratet, 34 Jahre alt und ohne Kinder. Bestimmt hören alle Chefs dieser Arbeitswelt schon meine biologische Uhr ticken und halten mich für absolut einstellungswürdig." Johanna grinste sarkastisch. „Es muss auch Vorteile haben, wenn es schon kein Mann bei mir aushält."

Ulla lächelte gequält. „Ich denke, du solltest heute keine Entscheidungen mehr treffen. Übrigens bin ich auch gerade solo und bade nicht im Selbstmitleid. Das Singledasein hat tatsächlich Vorteile!"

„Bestimmt, aber ich träumte von einem süßen Baby", bekannte Johanna.

Ulla seufzte. „Ich muss jetzt los! Ruf mich einfach an, wenn dir danach ist. Wenn du nichts dagegen hast, frage ich bei uns in der Personalabteilung nach, ob eine ähnliche Stelle vakant ist."

Johanna sah Ulla überrascht an. „Du meinst doch nicht etwa so eine Stelle als Versicherungsvertreterin im Call-Center oder als Abteilungshilfswillige?"

Ulla lächelte nachsichtig. „Ich dachte eher an eine Managementstellung mit persönlichem Sekretär und Firmenwagen." Sie zog einen pinkfarbenen Geldbeutel aus ihrer Laura-Biagotti-Tasche. „Darf ich dich einladen?"

„Almosen für eine Arbeitslose?", fragte Johanna zickig.

„Nein, eher ein Akt des Mitleids. Du kotzt dein Essen heute sowieso noch heraus!", konterte Ulla.

Als Johanna zum Bürogebäude zurückkam, ballten sich Gewittertürme am westlichen Himmel. Noch schien die Sonne und spiegelte sich in der Front aus Stahl und Glas, doch der Kontrast von Licht und Schatten wirkte wie ein Sinnbild für die Dramen, die sich hinter den Fenstern abspielten.

„Ermanus Technology“ prangte in bronzenen Lettern neben dem Eingang.
Auf dem Flur im 7. Stock, in dem sich die Büros von Johannas Abteilung befanden, herrschte unnatürliche Stille. Auch in der Mittagszeit hörte man sonst Telefone läuten, schwirrten Stimmen mal heiter, mal hitzig aus den geöffneten Bürotüren.
Jetzt waren alle Türen geschlossen. Die schwüle Luft stand stickig wie eine Mauer zwischen Glasfront und Wand.
Johanna riss ihre Bürotür auf und öffnete sofort das Lüftungsfenster. Mit einem schnarrenden Geräusch schaltete sich die Klimaanlage aus. Johanna ließ sich auf ihren Bürostuhl plumpsen und starrte auf ihren Schreibtisch. Ihr Blick fiel auf die rote Wiedervorlagemappe, pardon: Nie-wieder-Vorlagemappe. Die ganze Arbeit für die Präsentation der neuen Software war umsonst gewesen. All die Ideen, die Hoffnungen und auch die Überstunden!
Plötzlich wurde die Tür aufgerissen. Johanna erschrak so, dass sie sich reflexartig vom Schreibtisch abstieß.
„Frau Brandner, Herr Bockhold möchte Sie sprechen!“, sagte Frau Kerner, die Chefsekretärin, mit tonloser Stimme.
„Ich komme gleich“, entgegnete Johanna, wieder gefasst.
Die Kerner entfernte sich. Ihr Hintern schwabbelte bei jedem Schritt unter dem dünnen Sommerkleid.
Als Johanna Minuten später durch das Sekretariat ging, nickte sie Frau Kerner kurz zu und klopfte an der Tür ihres Chefs.
Weil keine Antwort kam, öffnete sie vorsichtig und trat ein.
Herr Bockhold saß am Schreibtisch, vor ihm lag seine Krawatte.
Unschlüssig blieb Johanna stehen.
Irgendwo summte eine Fliege, eine Uhr tickte. Erst jetzt fiel Johanna der kleine goldene Chronograph auf dem Schreibtisch auf. Daneben standen zwei silberne Fotorahmen. Ein Bild zeigte Frau Bockhold vor einem griechischen Tempel, das andere die Zwillinge mit Schultüten, aufgenommen von einem Studiofotograf.
„Sie kommen im Herbst auf ein Privatgymnasium. Falls ich es mir dann noch leisten kann“, sagte Herr Bockhold leise, ihrem Blick folgend. „Eigentlich hatte ich vor, mein Haus umzubauen, nachdem meine Mutter vor kurzem in ein Pflegeheim musste.“ Er strich über

sein dünnes Haar und öffnete einen weiteren Knopf seines Hemdes. „Aber das soll nicht Ihre Sorge sein. Ich wollte Ihnen danken für Ihre hervorragende Arbeit. Generell und speziell beim letzten Projekt. Ich werde Ihnen ein entsprechendes Zeugnis ausstellen." Er sah Johanna an und nickte, als wolle er sich selbst noch einmal bestätigen. „Wenn Sie möchten, können Sie morgen in Ruhe Ihre Sachen im Büro packen. Anschließend sind Sie freigestellt. Ich werde Ihr Zeugnis noch heute diktieren. Haben Sie dazu einen besonderen Wunsch?"

Johanna griff mit ihrer rechten Hand hinter ihr Ohrläppchen und wickelte sich eine Haarsträhne um den Zeigefinger. Sie hasste diese Angewohnheit, in die sie immer dann verfiel, wenn sie unentschlossen oder verunsichert war.

„Nein, also ich ...", begann sie und zwang sich, ihre Hände ruhig zu halten. „Aber vielleicht eine Bitte?"

„Ja?" Herr Bockhold sah sie an.

„Bitte schreiben Sie nicht direkt oder indirekt, dass ich hin und wieder kurzfristig krank gemeldet war. Wegen meiner Kopfschmerzen." Johanna biss sich auf die Unterlippe.

„Ach das!", brummte er und machte eine wegwerfende Handbewegung. „Andere Mitarbeiter brauchen fünf Tage für das, was Sie in drei Tagen wegarbeiten. Keine Sorge." Er stand auf und reichte Johanna die Hand. „Vielen Dank und alles Gute für Ihre Zukunft!"

„Auch ich habe zu danken", sagte Johanna.

„Sie sind so blass", meinte er. „Gehen Sie nach Hause. Es gibt heute noch ein Unwetter. Eines, das die Natur verursacht."

Als Johanna das Bürogebäude verließ, zeigte sich kein Sonnenstrahl mehr. Eine blauschwarze Wolkenwand verdunkelte den Himmel. Kein Lufthauch bewegte auch nur ein einziges Blättchen. Menschen eilten durch die Straßen, bemüht, ihr Ziel noch zu erreichen, bevor das Gewitter losbrechen würde.

In der U-Bahnstation war es fast unangenehm kühl. Johanna fröstelte und schwitzte gleichzeitig. Die Schmerzen im Kopf wurden immer heftiger, mit jeder Minute steigerte sich ihre Übelkeit. Es kostete sie große Anstrengung, den Heimweg zu bewältigen.

Als sie die Wohnungstür aufschloss, knallte durch die Zugluft ein gekipptes Fenster in den Rahmen. Der Anrufbeantworter blinkte. Johanna warf ihre Tasche neben das Telefontischchen und ging in die Küche, um etwas zu trinken. Doch kaum hatte sie das Wasserglas geleert, stürzte sie auch schon ins Bad. Sie schaffte es gerade noch, den Deckel der Toilette hochzureißen.

Ulla hatte Recht behalten. Das Mittagessen kam wieder hoch. Johanna würgte und heulte gleichzeitig. Dann wusch sie ihr Gesicht mit eiskaltem Wasser. Sie starrte in den Spiegel. Die sogenannte wasserfeste Wimperntusche hatte einen grauen Schleier über Lider und Wangenknochen gelegt. Ihre großen, blauen Augen blickten müde. Mit einem Reinigungstuch entfernte sie die Tuschereste. Johanna streckte sich selbst die Zunge heraus und schleppte sich ins Schlafzimmer.

In diesem Moment brach das Unwetter los, das den Nachmittag zur Nacht machte, die größten Hagelschäden seit Jahren verursachte.

Trotzdem fiel Johanna in einen Dämmerschlaf.

Ein Donner, laut wie ein Paukenschlag, riss sie aus dem Schlaf. Ihr Shirt klebte auf ihrer Haut. Es war als bohrten sich Hexenfinger in ihre rechte Schläfe. Jeder Pulsschlag wurde zur Qual. Wie in Zeitlupe setzte sich Johanna und stand auf. Wankend schlich sie zum Fenster und starrte ungläubig hinaus. Es goss in Strömen. Unzählige Blätter und Ästchen lagen auf der Straße und dem Gehsteig verstreut. Die Linde vor Johannas Schlafzimmerfenster wirkte zerzaust.

Erst jetzt sah Johanna die Wasserlache auf dem Fensterbrett und sie schloss das gekippte Fenster. Auf dem Weg ins Bad wurde ihr erneut übel. Sie klammerte sich an die Klobrille wie eine Schiffbrüchige an einen Rettungsring.

Gerade, als sie sich zurück ins Bett schleppen wollte, klingelte das Telefon.

„Hannerl, bist du es?"

„Mama! Wer soll es denn sonst sein?"

„Dir geht es nicht gut, nicht wahr? Hast du Migräne?", fragte Sophia Brandner, die wie immer sofort an der Stimme erkannte, wie ihre Tochter sich fühlte.

„Ja, mir geht es beschissen", krächzte Johanna.

„Ist es in München auch so heiß?"

„Es war. Momentan tobt ein Gewitter!"

„Das könnten wir hier auch gebrauchen", stöhnte Johannas Mutter. Johanna hatte da ihre Zweifel, fühlte sich aber zu matt, um ihrer Mutter zu widersprechen.
„Gibt es etwas Wichtiges? Ich wollte mich gerade wieder hinlegen", sagte sie statt dessen.
„Nein – und ja. Ich habe heute schon einmal versucht, dich zu erreichen. Hast du dir überlegt, ob du einen Teil deines Urlaubs bei uns verbringen möchtest?" Johannas Mutter atmete hörbar ein. „Mein Internist hat Diabetes bestätigt, und mein Hausarzt empfiehlt eine Kur. Er meint, damit fallen mir die Ernährungsumstellung und das Spritzen leichter. Es wäre schön, wenn du in dieser Zeit auf Oma aufpassen könntest. Ich würde sie ungern in fremde Obhut geben."
Die Hexenfinger bewegten sich, schnippten, trommelten.
„Klar, ich komme", flüsterte Johanna.
„Ich weiß", begann ihre Mutter etwas atemlos, „es gibt Aufregenderes für junge Menschen, als Urlaub zu Hause zu machen. Aber erholen kannst du dich hier auch. Für Oma habe ich seit kurzem sogar eine Pflegehilfe und ..."
„Es ist in Ordnung, Ma!", unterbrach Johanna. „Ich komme gerne. Außerdem ist es wichtig, dass du tust, was der Arzt sagt."
Sie nahm das Foto ihrer Eltern in die Hand, das neben der Basisstation stand. Vorsichtig und liebevoll strich sie mit dem Daumen über die Bildseite, die ihren Vater zeigte, der vor zehn Jahren an Krebs verstorben war.
„Es sind nur drei Wochen. Vielleicht komme ich ja auch früher zurück", überlegte Johannas Mutter.
„Auf keinen Fall!", rief Johanna. „Ich habe Zeit. Viel mehr Zeit, als du glaubst. Ich habe heute meinen Job verloren. Nichts steht also im Weg, um in den Schoß der Familie zurückzukehren."
„Mein Gott, Johanna!", kam es entsetzt aus dem Telefon.
„Ich glaube, der hat mich heute vergessen."
Johanna biss sich auf die Lippe, bis es schmerzte. Sie war gläubig erzogen worden. „Oder er hat etwas anderes mit mir vor. Wer weiß das schließlich schon?"

Ein Auto hielt am Straßenrand. Der Fahrer öffnete die Tür und nahm zwei alte Kartoffelsäcke aus dem Seitenfach. Er zog sie über seine Schuhe und streifte Gummibänder auf die Knöchel. Dann eilte er zum Heck und sah sich um, bevor er den Kofferraum öffnete. Mit schnellen Handgriffen packte er ein längliches Bündel. Bevor er damit in den schmalen Waldweg einbog, blickte er sich noch einmal um.
Die Dunkelheit verschluckte ihn, ließ ihn eins werden mit den grauen Schatten des Waldes. Nach etwa 20 Metern blieb er stehen und schob das schwere Bündel von seiner Schulter. Der moosige Waldboden dämpfte den Aufprall.
Seine Hände zitterten ein wenig und es gelang ihm nur mühsam, die festen Knoten der Seile zu öffnen. Es war ungewohnt für ihn, auch, weil er Lederhandschuhe trug. Doch er schaffte es, einen Knoten nach dem anderen zu lösen und das Betttuch zu entfalten.
Da lag sie.
Als ob sie schliefe. Schneewittchen mit dunklen Haaren und Haut so weiß wie Schnee. Lag im Wald, wo sie hingehörte. Kein Jäger, kein Zwerg, kein Prinz konnte sie mehr retten.
Er beugte sich über sie, als wolle er sich verabschieden. Dann zog er mit einem kräftigen Ruck das Tuch unter ihrem Körper hervor.
Als er ging, warf er noch einen prüfenden Blick zurück. Hatte er etwas übersehen?
Als er ihr schönes Gesicht im fahlen Licht schimmern sah, empfand er es wieder. Diese prickelnde Zufriedenheit. Eine unbeschreibliche Wärme, die er öfter spüren mochte. Mit einem Lächeln wandte er sich um und eilte zum Auto.

Die geräumige Wohnküche war erfüllt von Stimmen. Einzig Johanna schwieg. Lächelnd registrierte sie, wie viele Menschen sich über ihren Besuch daheim freuten. Zu ihrer Rechten saß Oma, in ihrem Lieblingsstuhl mit den Armlehnen.

Zuerst war Johanna erschrocken gewesen. Die dunklen Ringe unter Omas Augen waren neu und es schien, dass sie noch zerbrechlicher geworden war. Doch Schalk und Lebenslust funkelten immer noch in ihren bernsteinfarbenen Augen und auch jetzt zwinkerte Oma ihr zu. Johanna nahm ihre zarte Hand und wunderte sich über die erstaun-

lich glatte Haut. Kaum zu glauben, dass Hermine im Frühjahr ihren 89. Geburtstag gefeiert hatte.
Sophia Brandner kam mit dem Kaffeekochen kaum nach. Immer wieder schauten Nachbarn vorbei. Gerade kam das Ehepaar Bäcker ins Haus, das sinnigerweise mit Leidenschaft seit Jahrzehnten die Metzgerei des Dorfes führte.
Auch Hilde und Max Gschwender von gegenüber saßen am großen Esstisch. Hilde hatte zur Feier des Tages eine Perlenkette angelegt, die über ihren ausladenden Busen tänzelte, sobald sie lachte. Und Hilde lachte oft und laut, besonders, wenn ihr Max erzählte. Momentan waren es Anekdoten aus der Zeit, da Johanna und Katharina, die Tochter der Gschwenders, klein gewesen waren. Katharina lebte jetzt in der Nähe von Frankfurt, wo sie die Liebe hingeführt hatte.
Ihr Bruder Paul war erst 25 Jahre alt und, nach mehreren Fehlgeburten, der ersehnte Hoferbe. Wie sein Vater liebte er die Arbeit auf dem Hof und studierte gerade an der Universität Weihenstephan in Freising.

„Noch Kaffee, Hanna?", fragte Sophia Brandner ihre Tochter. Ihre Wangen glühten, doch um die Nase herum war sie ein bisschen blass.
„Danke, nein", wehrte Johanna ab. „Setz dich mal hin, ich kann das übernehmen."
„Lass nur! Ein Feiertag könnte nicht schöner sein", sagte sie lachend. Doch es war ein müdes Lachen. Johanna hatte bei der ersten Umarmung sofort gemerkt, dass ihre Mutter abgenommen hatte. Auch die ergrauten Haare waren neu.

„Ich habe das ständige Färben satt", hatte sie bei der Begrüßung fast entschuldigend gesagt.
„Es ist ein schönes Silbergrau, es lässt deine Augen wie zwei Edelsteine leuchten. Wie heißen die gleich? Ulla hat eine Kette – ach ja, Blautopas! Und der flotte Schnitt gefällt mir. Hast du endlich mal den altbackenen Friseur gewechselt?", hatte Johanna gefragt. „Du siehst trotz dem Grau schicker aus!"
Sophia hatte gelächelt. „Nach einem Besuch bei einem Spezialisten in Bad Kötzting habe ich mir dort einen Friseurbesuch geleistet. Du weißt ja, ich fahre zur Kur!"

„Gell, Brandnerin, jetzt bist froh, dass dei Hannerl wieda da is", rief Frau Bäcker im breitesten Waldler-Dialekt.
„Natürlich! Was für eine Frage!", rief Sophia.
„Wenn nur die Kathi auch mal wieder käm. Ich sehe meine Enkerl so wenig", jammerte Frau Gschwender. Die Perlenkette lag nun eigenartig starr auf der Bluse. „Wie sieht es bei dir aus, Hanna? Wann heiratest du denn?"
„Wenn ich den passenden Mann dazu habe", antwortete Johanna entnervt. Fragen dieser Art würde sie sich in den nächsten Tagen wohl noch öfter anhören müssen.
„Da wird es aber Zeit!", japste Frau Gschwender. „Mein erster Enkel kommt im Herbst schon in die Schule. Aber ich sag' s ja immer, in der Großstadt, da …"
„Des wird' scho no!", griff Max Gschwender ein. „Die Hanna ist ein hübsches Mädel. Vielleicht findest hier daheim einen richtigen Mann! Wie lang' bleibst denn?"
Wieder so eine Frage! Bohrende Blicke. Für einen kurzen Augenblick war nur das Ticken der großen Wanduhr zu hören.
„So lange wie nötig. Ich passe auf Oma auf", antwortete Johanna schließlich und sah ihre Großmutter zärtlich an.

In diesem Moment schrie Hilde Gschwender auf.
„Was macht denn die Polizei vor unserer Hofeinfahrt?"
Da klopfte es auch schon an der Haustür. Sophia beeilte sich zu öffnen.
„Wissen Sie, wo Ihre Nachbarn, Herr und Frau Gschwender, sind?", fragte ein Polizeibeamter höflich.
„Jesus, Maria und Josef! Es wird doch nichts mit unserem Paul sein!", japste Hilde.
Max machte eine ungeduldige Handbewegung in Richtung seiner Frau. „Ja, hier sind wir! Was gibt es?", fragte er, zu den Polizisten gewandt.
Der junge Beamte nickte. „Wir müssten Sie kurz sprechen. Wollen Sie bitte mitkommen?"
„Wieso, ich habe keine Geheimnisse. Also, was ist? Können Sie das nicht auch hier sagen?", donnerte Max.

Der Polizist wischte sich mit einem Taschentuch die Stirn.
„Wie Sie möchten. – Ihnen gehört doch der Wald südwestlich von Neudorf?", fragte der Beamte.
„Mir gehört viel Wald. Der bei Neudorf ist noch die kleinste Fläche", antwortete Max nicht ohne Besitzerstolz in der Stimme. „Ich habe Wälder bis zur Nationalparkgrenze."
„Heute Morgen haben Spaziergänger in einem Waldstück bei Neudorf eine Frauenleiche gefunden", berichtete der junge Polizist. Sein Kollege trat verlegen von einem Fuß auf den anderen. Ganz offensichtlich hatten sie Nachrichten dieser Art noch nicht oft überbringen müssen.
In dem großen Raum herrschte plötzlich atemlose Stille. Erneut war nur das Ticken der Uhr zu hören.
„Sie müssten bitte mit zum Fundort kommen und sich ein Foto der Toten ansehen. Noch ist ihre Identität nicht geklärt", sagte der schwitzende Beamte.
„Mein Gott, a Leich in unserm Wald!", rief Hilde. Sie faltete ihre Hände vor ihrer Brust, als würde sie beten.
„Ja, um Himmels Willen!", sagte Frau Brandner und ließ sich auf einen freien Stuhl sinken.
„Was habe ich denn damit zu tun?", rief Max aufgebracht. „Bin ich jetzt automatisch der Mörder, bloß weil mir der Wald gehört?"
„Nein, natürlich nicht!", beeilte sich der andere Polizist zu sagen, der bislang geschwiegen hatte. „Reine Routine. Schließlich ist es Ihr Grund und Boden."
„Gestehe lieber gleich, wenn'sd was zum Verbergen hast, Max!", versuchte Herr Bäcker zu scherzen und wurde sofort von seiner Frau mit einem kräftigen Ellenbogenstoß zum Schweigen gebracht.
„Ja, wo gibt's denn so was?", brummte Max unwirsch und kratzte sich ratlos unterm Kinn.
„Na, da hast du ja einen guten Einstand, Hanna!", sagte Oma kopfschüttelnd. „So was hat selbst deine alte Großmutter noch nicht erlebt. Also so was, so was!"
„Morgen Vormittag wird sich jemand von der Kripo Freyung bei Ihnen melden. Bitte halten Sie sich zur Verfügung. Zum Fundort möchten wir Sie allerdings jetzt gleich mitnehmen." Der Beamte machte eine auffordernde Handbewegung.

„Wenn es sein muss!“, raunte Max kopfschüttelnd.
Hilde griff sich dort hin, wo man das Herz vermuten durfte.
„Kriminalpolizei! Oh Gott! So was sieht man doch nur im Krimi. Also das gab es noch nie bei uns! Und daran sind nur die geöffneten Grenzen schuld, sag ich Euch! Unsereiner täte so was nie!“ Hilde sah sich Zustimmung heischend im Raum um. An Johanna blieb ihr Blick hängen.
„Gell, Johanna, bei dir in der Großstadt, da gibt es Mörder.“
„Aber sicher“, sagte Johanna, nachdem sie einige Sekunden gegen ihre aufsteigende Wut geatmet hatte. „Nahezu täglich steige ich im Hausflur über tote Leichen.“
„Da seht ihr's!“, rief Hilde, ohne das unsinnige Wortspiel zu bemerken. Oma lachte dafür umso herzlicher auf. Sie drückte Johannas Hand und sagte verschwörerisch: „Willkommen zu Hause in Ringelai, Kleines.“

Johanna joggte. Kleine Schweißperlen standen ihr auf der Stirn, obwohl sie noch nicht lange unterwegs war. Die Luft war angenehm kühl, dennoch konnte sie erahnen, dass es ein sehr warmer Sommertag werden würde. Johanna sog die würzige Luft tief ein und beschleunigte ihren Schritt. Nichts war zu hören außer dem munteren Zwitschern der Vögel und ihren leichtfüßigen Tritten auf dem Feldweg.

In der Nacht hatte Johanna sehr unruhig geschlafen. Immer wieder war sie aufgewacht, weil ihr zu warm war. Im Dämmerlicht hatte sie den Blick durch ihr Jugendzimmer schweifen lassen. Aber nicht schöne Erinnerungen an ihre unbeschwerte Kindheit drängten sich ihr auf, sondern die jüngste Vergangenheit. Sie sah Chris' Gesicht vor sich, der ihrem Blick ausgewichen war, als sie ihn zur Rede stellte.

Drei Monate hatte sie es geahnt, aber nicht wahrhaben wollen, und weitere drei Monate hatte es gedauert, bis sie den Mut fand, ihn geradeheraus zu fragen.
Sein Eingeständnis war wie ein Peitschenhieb auf ihre Seele niedergeknallt. Viel schlimmer aber war die Erkenntnis gewesen, dass er ihr Vertrauen ausgenutzt hatte und auf ihrer Würde herumgetrampelt

war wie ein ausgelassenes Kind auf einem Riesentrampolin.
Immerhin hatte sie, die sanfte, gutmütige Johanna, noch die Kraft gehabt, ihn aus der Wohnung zu werfen. Nüchtern und distanziert hatte sie ihm eine Frist von zwei Stunden gesetzt und ihn dann tatsächlich vor die Tür geschoben. Den Rest seiner Habseligkeiten hatte sie ihm auf seine Kosten per Spedition nachgeschickt. An ihre Adresse: eine Kollegin, von der er stets betont desinteressiert erzählt hatte. Der gekünstelte Tonfall und das zunehmend nervöse Ausweichen seines Blickes, sobald die Sprache auf sie kam, hatten Johanna schließlich hellhörig werden lassen.
Erst als das alles erledigt war, war sie weinend zusammengebrochen. Schleichend, als habe er ihr zum Abschied ein heimtückisches Gift verabreicht, erfasste sie ein Gefühlschaos aus Wut, Trauer und Enttäuschung. Immerhin, Chris war der Mann gewesen, mit dem sie eine gemeinsame Zukunft hatte aufbauen wollen.
Und genau diese Enttäuschung hatte sie letzte Nacht wieder gespürt, fast so, als hätte die vertraute Umgebung die dünne Kruste über der Wunde wieder aufgerissen. Immer wieder dachte sie an die Silvesterfeier vor vier Jahren, bei der sie Chris kennengelernt hatte. Sie sah seine Lippen, die so zärtlich küssen konnten und nun eine andere küssten.

Johanna passierte ein kurzes Waldstück. Hier war es noch kühler, die Luft angereichert mit den satten Düften des Waldes: Moos, feuchtes Holz und Waldblumen am Wegesrand.
Dort, wo sich der Wald lichtete und der Weg wieder aufs offene Feld mündete, erstreckte sich die Koppel der Gschwenders. Vier Pferde weideten dort.
Johanna blieb an der Koppel stehen. Sie beugte sich vor und atmete aus, dann streckte sie sich. Insekten summten, ansonsten war es ruhig und friedlich.
Eines der Pferde, ein Fuchs, kam neugierig angetrabt. Die Stute blieb dicht hinter dem Gatter stehen und spitzte aufmerksam die Ohren.
„Na, du?“, sagte Johanna leise. „Du bist aber eine Hübsche.“
Als hätte die Stute verstanden, schnaubte sie. Vorsichtig streckte Johanna die Hand aus und ließ das Pferd schnuppern.
„Wie heißt du denn?“

Das Pferd hatte einen weißen Stern und weiße Fesseln. Sein Fell glänzte im Sonnenlicht. Übermütig begann es, an Johannas Sweatshirt zu knabbern.
„Hey!", rief Johanna. „Du hast wohl noch nicht gefrühstückt. Ich übrigens auch nicht. Leider habe ich nichts für dich dabei. Aber morgen besuche ich dich wieder und da bringe ich dir etwas Feines mit. Versprochen."
Als habe das Tier ihre Worte verstanden, hörte es auf, nach Johannas Ärmel zu schnappen. Ein paar lästige Fliegen umschwirrten Augen und Ohren des Pferdes und es versuchte, diese mit dem Schweif zu verscheuchen.
Ein lauer Lufthauch streifte Johannas Rücken. Das Shirt war ein wenig feucht, die Luft aber so warm, dass es nicht kühl werden konnte. Doch plötzlich fror sie. Schützend legte sie ihre Hand in den Nacken und zog das Shirt über ihre Hüften. Sie stand in der warmen Sonne und legte beide Hände an den warmen Hals des Pferdes. Dennoch steigerte sich ihr Unbehagen. Gänsehaut überzog ihre Arme und Beine.
Plötzlich wusste Johanna, was es war: Sie fühlte sich beobachtet! Wie durch ein Brennglas glaubte sie einen bohrenden Blick auf ihrem Rücken zu spüren. Betont langsam wandte sie sich um, suchte mit den Augen den Waldrand ab. Es war nichts zu sehen!
Das Pferd wurde unruhig, tänzelte nervös auf der Stelle und spitzte die Ohren. Wieder drehte sich Johanna um, jeder Pulsschlag dröhnte in ihrem Kopf. Sie kniff die Augen zusammen, um die Konturen im Schatten besser erkennen zu können. Doch da war nichts zu sehen. Zumindest nicht direkt am Waldesrand.
„Vielleicht ein Hund!", murmelte Johanna und wandte sich wieder dem Pferd zu. „Na, hoffentlich verzieht sich der bald wieder", versuchte sie sich und das Pferd zu beruhigen.
Auf einmal knackte es. Ein Stück entfernt, aber deutlich hörbar. Hastig drehte sie sich um und kniff die Augen zusammen.
Die Zweige eines Busches bewegten sich! Genau dort am Waldrand!
Johanna schluckte. Ihr Puls raste.
Der Fuchs wieherte und galoppierte zu den anderen Pferden. Erschöpft lehnte sich Johanna an das Gatter. Fieberhaft dachte sie darüber nach, welcher Weg nach Hause am sichersten wäre. Durch das

Waldstück zurückzulaufen, schien ihr zu unheimlich. Es blieb ihr nur ein Umweg über das Nachbardorf. Aber wenigstens konnte sie so über offene Felder laufen.
Eilig machte sie sich auf den Weg. Ein unbehagliches Gefühl hing wie ein nasser Rucksack auf ihrem Rücken. Immer wieder drehte sie sich um. Niemand war zu sehen.
Außer Atem, aber erleichtert, kam sie schließlich im Dorf an.

Beim Bäcker wollte Johanna frische Semmeln fürs Frühstück mitnehmen. Die magere junge Verkäuferin musterte sie kritisch, ebenso eine ältere Kundin. Dafür begutachtete ein Mann mittleren Alters im blauen Mechanikeroverall umso erfreuter ihre schlanken Beine. War es ungewöhnlich, hier morgens im Joggingdress einzukaufen?
Irritiert packte Johanna die Brötchentüte und beeilte sich, aus dem Laden zu kommen. Der Blaumann hielt ihr grinsend die Tür auf.
Sie war sich sicher, dass er ihr nachgaffte, aber sein Blick brannte nicht halb so sehr auf ihrem Rücken wie der des unsichtbaren Beobachters im Wald.

„Wo bleibst du denn so lange?“, rief Sophia prompt, als Johanna in die Küche trat. „Ich habe mir Sorgen gemacht.“
„Tut mir leid“, sagte Johanna atemlos. Für einen Augenblick überlegte sie, ob sie ihrer Mutter von ihrem Unbehagen an der Koppel erzählen sollte. Doch sofort unterdrückte sie den Impuls wieder. Ihre Mutter würde sich nur unnötig sorgen.
„Ich habe mich ein bisschen in der Entfernung verschätzt“, flunkerte sie deshalb, was ja auch ungefähr stimmte. „Hier sind Semmeln“, lenkte sie ab.
„Oma und ich haben schon gefrühstückt“, sagte Sophia lächelnd, ohne den geringsten Vorwurf in der Stimme. „Wir sind alte Leute, da steht man früh auf.“
„Oh!“ Johanna ließ etwas enttäuscht die Tüte auf den Tisch sinken. Dort war liebevoll für eine Person gedeckt.
„Setz dich! Ich bringe dir Kaffee und muss dir unbedingt von den Gschwenders erzählen.“ Sie wandte sich zur Kaffeemaschine und machte eine geheimnisvolle Pause, während sie die Tasse füllte. „Du

glaubst ja gar nicht, wer gerade dort drüben ist", platzte sie heraus.
Johanna zuckte mit den Schultern, während sie Rahm in den Kaffee träufelte.
„Seit einer halben Stunde sind dort zwei Beamte von der Mordkommission. Du glaubst gar nicht, wer einer der beiden Herren ist. Da kommst du nie drauf!"
Sophia schob Johanna die Zuckerdose hin und sah sie dabei erwartungsvoll an.
„Nein, danke", sagte Johanna. „Also, wer ist es? Brad Pitt? Dann gehe ich sofort rüber, falls er da ist und einen Actionkrimi dreht."
„Brähäd wer?", fragte Sophia irritiert und reichte Johanna die Butterdose.
„Na, sag schon!", forderte Johanna lächelnd.
„Florian Wallner!"
„Oh!", entschlüpfte es Johanna zum zweiten Mal.
„Ist das nicht verrückt?", fragte Sophia kopfschüttelnd. „Also, dass der Bub bei der Kriminalpolizei ist, wusste ich, aber dass er bereits Kriminaloberkommissar ist und bei der Mordkommission arbeitet, war mir neu. Seit seine Eltern tot sind, haben wir keinen Kontakt mehr."
Sophia sah gedankenverloren aus dem Fenster, das zur Straße führte und durch das man einen Teil des Gschwender-Hofes sehen konnte. Ein schwarzer Audi stand vor der Einfahrt.
„Und du bist dir sicher? Ich meine, wir sprechen von „Bärchen-Florian?" Johanna sah ihre Mutter fragend an.
„Natürlich! Nach dem Frühstück kannst du ruhig hinübergehen. Ich habe schon gesagt, dass du vorbeischaust", sagte Sophia.
„Was? Wieso soll ich?", rief Johanna empört und zupfte sofort an ihren Haaren. „Überhaupt, Mama. Florian ist kein Bub mehr, er ist sogar zwei Jahre älter als ich."
„Ja und? Ihr habt früher immer so nett miteinander gespielt. – Und dann war da noch … oder etwa nicht?" Sophia schüttelte erneut den Kopf. „Auf alle Fälle kannst du ‚Grüß Gott' sagen. – Gut schaut er übrigens aus. Aber so ernst wie früher ist er immer noch."
Johanna biss in ihre Semmel. Sie hatte Hunger und Mamas Kirschmarmelade lockte.

„Bärchen-Florian“ bei der Mordkommission! Das passte in etwa so zusammen wie Gänsebraten mit Buttermilch oder Seidenpapier als Verpackung für Kakteen.
Florian, der sanfte und wortkarge Junge, der die Mädchen früher nie an ihren Zöpfen gezogen, ihnen nie die Röcke hochgehoben oder sie zu erschrecken versucht hatte. Stattdessen hatte er lieber mit ihnen und ihren Puppen gespielt und seinen geliebten Teddy überall mit hingeschleppt.
Als sie größer wurden, war er nicht auf dem Mofa durchs Dorf gefahren wie die anderen Jungs. Es hieß, er sei schwul, doch Johanna hatte das nie geglaubt. Sie hatte gern mit ihm gespielt, wenngleich sie wilder war als er und sie ihn zum Ballspielen überreden oder ihn manchmal sogar erpressen musste, mit ihr aufs Baumhaus zu klettern.
„Ich gehe mich noch schnell umziehen“, sagte Johanna und spülte den letzten Bissen mit einem Schluck Kaffee hinunter.
„Das wirst du nicht mehr schaffen“, sagte Sophia ruhig. „Die beiden Beamten kommen gerade aus dem Haus.“

„Florian, warte!“, rief Sophia. „Johanna will dich begrüßen.“ Unschlüssig trat Johanna aus dem Haus. Weshalb war Mutter so daran interessiert, dass sie mit Florian sprach? Eigentlich wollte sie nur noch ihre Ruhe haben und endlich duschen gehen.
Florian drehte sich nicht einmal um. Er sprach mit Max Gschwender, der immer wieder heftig nickte, sodass seine fleischigen Wangen vibrierten. Sie konnte nicht verstehen, was die beiden sprachen.
„Guten Morgen!“, begrüßte sie Florians Kollege.
„Hauptkommissar Werner Kremmel. Ich leite die Ermittlungen um die Frauenleiche, die im Wald von Herrn Gschwender gefunden wurde.“
Herr Kremmel streckte Johanna die Hand hin. Sein Händedruck war warm, sein Lächeln sympathisch. Johanna musste zu ihm aufsehen. Dabei wurde ihr bewusst, dass sie noch nie in ihrem Leben etwas mit der Polizei zu tun gehabt hatte, geschweige denn mit der Kriminalpolizei! Sah so ein Hauptkommissar in Wirklichkeit aus? Sie kannte nur ein paar Darsteller aus Krimi-Serien. Mit seinen gepflegten silbergrauen Haaren, den stahlblauen Augen und den hohen Wangen-

knochen entsprach Hauptkommissar Kremmel eher dem Klischee des Golf spielenden Klinikchefs.
„Guten Morgen. Ich bin Johanna Brandner“, beeilte sie sich zu sagen und spürte ein Brennen auf ihren Wangen.
„Hallo, Johanna!“
Florian hatte sein Gespräch beendet und reichte ihr nun auch die Hand. „Lange nicht gesehen!“, sagte er freundlich-unverbindlich. Mutter hatte Recht mit ihrer Behauptung, dass er so ernst und in sich gekehrt wirkte wie schon als Kind. Er überragte Johanna um einen Kopf und man brauchte nicht viel Phantasie, um unter lässiger Jeans und Poloshirt seinen durchtrainierten Körper zu erahnen. Sein Haar wirkte noch dunkler als früher, fast schwarz. Im Sonnenlicht schimmerte es wie Perlmutt und so manche Frau hätte wohl viel Geld für eine Pflegespülung ausgegeben, die solche Lichtreflexe ins Haar zauberte. In seinen großen braunen Augen, gesäumt mit langen Wimpern, glaubte Johanna immer noch die Verletzlichkeit zu erkennen, die ihr als Mädchen mal zärtliche Zuneigung, mal wütende Streitlust entlockt hatte. Doch nun war sein Blick fest auf sie gerichtet.

Johanna ertappte sich dabei, wie sie eine Haarsträhne um ihre Finger wickelte. Diese alberne Geste wollte sie sich doch abgewöhnen!
„Ja, das kann man sagen. Es ist lange her“, entgegnete sie wenig geistreich. Erst jetzt sah sie Hilde, die mit blassem Gesicht im Türrahmen lehnte und die Szene mit schmalen Augen beobachtete, als müsse sie diese zusammenkneifen, um ja jedes Detail zu erkennen.
„Weiß man schon, wer die Tote ist?“, fragte Johanna.
„Nein“, antwortete Florian.
„Woran ist sie gestorben?“, fragte Johanna, krampfhaft nach einem Thema suchend, das dieses Wiedersehen weniger peinlich gestalten könnte.
„Das wissen wir noch nicht sicher“, sagte Florian mit verschlossener Miene. „Die Leiche wird heute obduziert.“
„Wir verbleiben wie besprochen“, sagte Hauptkommissar Kremmel und reichte Max Gschwender seine Visitenkarte.
Dann wandte er sich Johanna zu. „Alles Gute und auf Wiedersehen.“ Er nickte ihr freundlich zu und öffnete die Fahrertür des Audis. Gerade als er im Begriff war einzusteigen, hielt er inne.

„Ach, sagen Sie – es sieht so aus, als wären Sie joggen gewesen. Stimmt das?“ Sein Blick lag wohlwollend auf Johanna.
Schon wieder zwirbelte sie eine Haarsträhne! Warum stand sie hier nur so verunsichert, als sei sie ein kleines Schulmädchen, das vor der Klasse ein Gedicht aufsagen musste? Runter mit den Händen! Sie verschränkte die Arme.
„Ja, das haben Sie richtig kombiniert.“ War das arrogant oder nur gut formuliert? Johanna verstärkte ihren Griff so, dass sie den Puls in den Oberarmen spüren konnte.
„Wo sind Sie gelaufen? Ich meine, in welche Richtung, und waren Sie auch im Wald?“
Johanna gab Hauptkommissar Kremmel genau Auskunft. Aus den Augenwinkeln konnte sie beobachten, wie auch Florian aufmerksam ihren Ausführungen folgte. Max und Hilde Gschwender hingegen hatten sich ins Haus zurückgezogen.
„Ist Ihnen zufällig etwas aufgefallen?“, fragte Kremmel und zog eine Sonnenbrille aus der Brusttasche seines Leinenhemdes. „Ich meine, ein Fahrzeug, oder ist Ihnen jemand begegnet?“
„Nein, ich war allein“, sagte Johanna, dachte aber sofort an die Szene an der Koppel. Doch sie fand es zu albern, von einer unbehaglichen Stimmung und schwankenden Ästen zu berichten.
„Vielleicht ist es übertrieben“, sagte Kremmel und setzte die Sonnenbrille auf. „Allerdings waren Sie alleine unterwegs. Die Tote hatte in etwa Ihr Alter. Und es gibt einen Mörder, der längst über alle Berge sein kann. Vielleicht ist er aber auch noch gefährlich nahe.“
Plötzlich war das Gefühl der Kälte wieder da. Johannas Knie zitterten etwas und Gänsehaut überzog ihre Arme. Es kam ihr vor, als könne es jeder sehen.
„Also passen Sie auf sich auf!“, fügte Hauptkommissar Kremmel noch hinzu. Er lächelte, doch hob er die rechte Hand, fast wie ein Vater, der seine Tochter ermahnt. „Alles Gute!“, sagte Florian und nickte ihr zu. Für ein paar Sekunden hatte Johanna das Gefühl, dass er noch etwas sagen wollte, doch er sah sie nur schweigend an. Dann stiegen beide Männer ins Auto und fuhren los.

„Mir ist es nicht recht, wenn du alleine läufst. Versprich mir, dass du

es sein lässt!", sagte Sophia in einem Tonfall, den Johanna nur zu gut kannte und der keinen Widerspruch duldete.
„Mama, ich bin erwachsen und kann sehr wohl auf mich aufpassen!", fauchte Johanna entnervt.
„Bitte! Ich fahre sonst nicht zur Kur", bat Sophia, nun etwas milder.
„Oh doch, du fährst!", rief Johanna. „Heute Nachmittag bringe ich dich wie geplant zum Bahnhof. Jetzt gehe ich endlich duschen.
Und was diesen arroganten Florian betrifft, hätte ich gut auf das unterhaltsame Wiedersehen verzichten können. So ein Schnösel!"
Johanna zog die Joggingschuhe aus und warf sie schwungvoll neben den Garderobenschrank im Flur.
„Wieso bist du so wütend? Er hat dir doch gar nichts getan", versuchte Sophia einzulenken. „Ich dachte, du freust dich, ihn wieder zu sehen."
„Er hat mir nichts getan?", rief Johanna, schon halb auf der Treppe. „Mama, du hast keine Ahnung! Also misch dich bitte nicht in mein Leben ein!"

Hauptkommissar Kremmel nahm sich ein Kräuterbonbon aus der Mittelkonsole und entwickelte es mit der rechten Hand vom Papier, während er mit der Linken den Dienstwagen steuerte.
„Was hältst du von den Gschwenders?", fragte er seinen jungen Kollegen und schob das Bonbon in den Mund.
Florian Wallner schwieg und starrte auf die Landstraße.
Kremmel klopfte ungeduldig mit den Fingern auf das Lenkrad.
„Es ist schwierig", begann Florian schließlich. „Ich kenne die beiden seit meiner Kindheit und hatte dann lange keinen Kontakt mehr zu ihnen."
„Das kann für uns trotzdem ein Vorteil sein", brummte Kremmel. „Ich schätze den Gschwender als stolz und ziemlich stur ein."
Florian lächelte. „Das stimmt allerdings. Seine Meinung hat zu gelten. Außer wenn seine Frau eine andere hat."
Werner Kremmel lachte laut auf und verschluckte fast das Kräuterbonbon. „Ein Grund, warum ich nicht verheiratet bin! – Aber mal im Ernst, ich sehe es als einen glücklichen Zufall, dass du in diesem Dorf aufgewachsen bist. Es müsste unsere Ermittlungen voran bringen. Ich

halte es für sehr wahrscheinlich, dass der Täter aus der Region stammt."
Florian Wallner öffnete das Handschuhfach und holte seine Sonnenbrille heraus.
„Ich hätte darauf verzichten können, hier zu ermitteln", bemerkte er und setzte die Brille auf.
Kremmel sah ihn kurz mit krauser Stirn an. „Nehme an, es gibt Gründe", kombinierte er und fügte nach einigen Sekunden des Schweigens hinzu: „Doch nicht etwa die attraktive junge Frau?"
„Nein", betonte Florian rasch, „ich hatte dir doch von meinen Eltern und ihrem tödlichen Unfall erzählt. Ich wollte vergessen und das war in meinem Heimatdorf nicht möglich."
Hauptkommissar Kremmel nickte. Die starre Körperhaltung seines jungen Kollegen und das Beben in seiner Stimme ließen ihn anderes vermuten, aber er schwieg. Wenn es an der Zeit war, würde er mehr erfahren.

Florian nahm das Klemmbrett von der Konsole und schrieb einige Stichpunkte ins Protokollblatt. Er wirkte versunken in seine Arbeit, aber seine Gedanken schweiften ab.
Johanna war wieder im Dorf! Was hatte sie zurückgeführt?
Machte sie Urlaub oder blieb sie gar länger?
So viele Jahre hatte er sie nicht gesehen und während er den Kugelschreiber in seiner Hand drehte wie ein Schüler, der vor einer kniffligen Matheaufgabe sitzt, ärgerte er sich darüber, dass er nicht mehr und vor allem freundlicher mit ihr gesprochen hatte.
Er fühlte sich plötzlich elend, denn ihm wurde klar, dass er sich endlich für sein Verhalten vor rund sechzehn Jahren entschuldigen musste. Und es machte ihn nervös, dass Johanna ausgerechnet jetzt wieder im Dorf war, da in dessen Nähe eine junge Frau tot aufgefunden worden war.

Nachdem Johanna ihre Mutter in den Zug gesetzt und ihr zum Abschied nachgewunken hatte, kaufte sie noch einige Lebensmittel ein und fuhr wieder nach Hause. Das Dorf lag wie ausgestorben da. Kein Mensch zeigte sich in der nachmittäglichen Hitze.
Oma hatte sich zu einem Nickerchen in ihr Zimmer zurückgezogen.

So blieb Johanna Zeit, Ullas Päckchen zu öffnen. Sie hatten vereinbart, dass Ulla ihr einmal wöchentlich die Post nachsenden sollte. Ulla hatte eine Grußkarte beigelegt, auf der ein muskelbepackter Schönling aufreizend knapp bekleidet vor einer Urwaldkulisse posierte. „Schade, dass es so etwas nicht im Versandhandel gibt!", hatte Ulla in ihrer steilen Handschrift geschrieben. „Würde mich glatt als Stammkunde registrieren lassen. Du auch? Liebe Grüße ins idyllische Paradies! Ulla"

Von wegen Paradies! Dennoch lächelte Johanna. Typisch für Ulla, immer humorvoll und dabei einen Blick für schöne Männer. Schade, dass sie nicht hier war. Sie hätte ihre Ängste weggewischt!

Postalisch war nichts Wichtiges dabei. Einzig ein Brief von ihrem ehemaligen Arbeitgeber, dass die genaue Summe ihrer Abfindung leider noch nicht feststünde, aber in wenigen Tagen mit genaueren Daten zu rechnen sei.

Johanna ließ die Post auf dem Küchentisch liegen. Sie fühlte sich plötzlich alt und müde. Trotz ihres leichten Sommerkleides schwitzte sie. Sie öffnete die Terrassentür zum Kräutergarten, der jetzt im Schatten lag, und setzte sich auf die kleine Bank. Obwohl die Temperatur angenehm war und die Kräuter und Blumen betörend dufteten, kämpfte Johanna mit den Tränen.

War das jetzt alles? Was würde die Zukunft bringen?

Johanna zog Bilanz:

Kein Job, der sie forderte, finanzielle Sicherheit brachte und dem sie mit Freude nachgehen konnte.

Kein Partner, der sie liebte und den sie lieben konnte.

Statt dessen saß sie hier in der ländlichen Einöde. Zwar im Schoße der Familie, die sie über alles liebte, aber dennoch alleine.

Sah so ihre Zukunft aus?

Johanna seufzte. Erst jetzt bemerkte sie Hilde, die in die Küche getreten war, und erschrak.

„Entschuldige, ich habe geklopft", verteidigte sich Hilde. „Hast du zufällig einen schwarzen Nähfaden im Haus?"

Johanna ahnte, dass dies nicht der wahre Grund ihres Besuches war. „Warte, ich muss nachsehen." Sie stand auf und holte den Nähkorb aus der Küchenkommode. „Hier bitte, reicht das?"

„Ja, vielen Dank. Ich bringe ihn dir gleich wieder." Hilde hielt inne. „Ist das nicht schrecklich? Ich muss immer an die junge Frau denken. Wer macht so was?"
„Ich weiß auch nicht", sagte Johanna. „Was wollten denn die Beamten von euch?"
„Max musste gestern noch mit zum Fundort, um zu schauen, ob ihm etwas auffällt. Auch die Leiche hat man ihm gezeigt." Hilde griff sich an die Brust. „Die Frau soll sehr hübsch gewesen sein."
„Und heute Morgen?"
„Du meinst den Florian? Ja, so klein ist die Welt! – Sie haben uns nur ein paar Fragen gestellt. Ob uns was aufgefallen ist? Und stell dir vor!" Hilde sah auf einmal sehr wütend aus. „Sie haben sogar gefragt, wo sich der Paul gerade aufhält. So eine Unverschämtheit! Da werden unschuldige Leute verdächtigt!"
„Reg dich nicht auf", sagte Johanna müde. „Es ist eben zufällig euer Wald und sie machen nur ihre Routinearbeit."
„So wird es sein", murmelte Hilde.

Der geheimnisvolle Fremde

Gabi Leinert eilte den schmucklosen Flur entlang. Die Absätze ihrer hohen Pumps klackerten im gleichmäßigen Stakkato auf den Fliesen und ihr Pferdeschwanz wippte bei jedem Schritt schwungvoll mit. Sie riss eine Bürotür auf.

Erschrocken hoben Hauptkommissar Kremmel und Florian Wallner die Köpfe. Auf Florians Schreibtisch lagen Fotos vom Fundort der Leiche und eine entfaltete Landkarte.

„Unsere Gabi, stürmisch und unwiderstehlich wie immer!", grüßte Kremmel grinsend. „Was hast du Schönes für uns?"

„Den Obduktionsbericht", antwortete Gabi. Sie überreichte einen dafür typischen roten Pappordner an Kremmel und lächelte dabei Florian freundlich an.

„Spann uns nicht auf die Folter", sagte Kremmel. „Bestimmt hast du schon darin gelesen."

„Das habe ich allerdings", gab Gabi zu und hob selbstbewusst den Kopf, sodass ihr Pferdeschwanz über die Schulter schwang. „Sie starb an einer Vergiftung durch den Genuss von Knollenblätterpilzen."

Kremmel pfiff durch fast geschlossene Lippen. „Da schau her! – Ich bezweifle allerdings, dass man hier von Genuss sprechen kann."

Er nahm die Mappe entgegen und überflog den Kurzbericht, der dem Hauptbericht vorangeheftet war.

„Soviel ich weiß, stirbt ein Mensch sehr qualvoll, wenn er einen Knollenblätterpilz verspeist. Hier hat jemand besonders heimtückisch gemordet", konstatierte Gabi, die seit zwei Jahren Kremmels Assistentin war. „Vielleicht war es auch eine Frau. In der Kriminalgeschichte stehen für 90 von 100 Giftmorden Frauen als Mörderinnen fest. Auch die Geheimdienste arbeiten gerne mit Gift. Aber dies ist ja hier nahezu auszuschließen."

Kremmel nickte, und sah lächelnd über den Rand seiner Lesebrille auf Gabi. Er reichte den Bericht an Florian weiter.

„Wenn du den ausführlichen Bericht gelesen hast, sprechen wir darüber. Kennst du dich eigentlich mit Pilzen aus?"

Florian nahm die Mappe entgegen. „Ja, ich bin oft mit meinen Eltern zum Sammeln gegangen, wie übrigens die meisten Kinder aus dem

Dorf. So gesehen gibt es in der Region viele Pilzkenner und unzählige Hotelköche oder Hausfrauen, die Schwammerlgerichte zubereiten."

„Das reduziert den Kreis der Verdächtigen nicht unbedingt", stellte Kremmel trocken fest. „Ich sehe schon, wir müssen das Bild der Toten noch heute in die Presse, auch überregional, geben. Bitte übernimm das wie gewohnt, Gabi. – Ist übrigens schon der Bericht von der SpuSi da?"
Gabi entfernte wie zufällig einen kleinen Fussel von ihrem engen Shirtkleid, das ihre wohlgeformten Hüften umschmeichelte.
„Ihr wisst doch, dass die Jungs und Tina von der Spurensicherung immer besonders gründlich sind. Aber bis heute Abend soll der Bericht fertig sein. Zumindest versprach mir Bernd einen ersten Überblick", gurrte sie eilfertig. „Sonst noch etwas?"
„Wenn du so nett nachfragst", meinte Kremmel grinsend, „gib doch bitte eine Anfrage ans BKA, wenn du Bernd umgarnt hast – vielleicht hilft uns die DNA-Analyse auf eine brauchbare Spur."
Gabi nickte, strich eine Ponysträhne aus der Stirn und wandte sich an Florian. „Kommst du heute zum Sommerfest des Dezernats?"
„Leider nein", sagte er und bemerkte sofort den Schatten der Enttäuschung auf Gabis Gesicht. „Ich muss zum Zahnarzt. Eine Nachbehandlung wegen meiner Wurzelgeschichte. Wäre das Sommerfest nicht verschoben worden, hätte es geklappt."
Florian hob bedauernd die Schultern.
„Du musst mit mir Vorlieb nehmen", wandte Kremmel ein und lächelte seine Assistentin charmant an. „Hat sich Brandl von der KT eigentlich schon gemeldet?"
„Ja, er wollte euch seinen Bericht persönlich vorbei bringen", erklärte Gabi mit straffer Körperhaltung. „So viel gibt es wohl nicht nachzuweisen. Fußabdrücke mit winzigen Hanffasern, als ob jemand mit mittelalterlichem Schuhersatz herumgelaufen wäre."
Kremmel pfiff leise. „Da wollte jemand gründlich sein."
„Haben die gründlich gesucht?", fragte Florian mit leicht aggressivem Unterton. „Jeder Täter macht Fehler!"
Kremmel lachte auf und sah seinen Kollegen milde an.
„Da hast du schon recht. Die meisten machen Fehler – früher oder später."

Am nächsten Morgen kam pünktlich um acht Uhr die Pflegerin. Als der Smart, der über und über mit den Schriftzügen eines caritativen Vereins beklebt war, vor dem Haus parkte, zog Johanna hektisch ihr Nachthemd aus und Shorts und T-Shirt über. Sie warf einen kurzen Blick in den Spiegel und fuhr sich mit gespreizten Fingern durch ihr zerzaustes Haar. „Von wegen Urlaub machen!“, brummte sie, als sie die Treppe nach unten eilte.
Die Pflegeschwester trug weiße Jeans und ein hellblaues Shirt. Sie verströmte einen Duft von frisch gewaschener Bettwäsche.
„Guten Morgen! Ich bin Franziska Mack und Sie müssen Johanna sein! Oma Hermine hat mir schon erzählt, dass ihr ‚Enkerl‘ zu Besuch kommt!“ Frau Mack lächelte Johanna herzlich an. Es war kein berufliches Pflichtlächeln, sondern kam von Herzen. Johanna spürte nicht nur den kräftigen Händedruck, sondern auch echte Sympathie.
„Ja, wenn es nach Oma geht, könnte man meinen, ich hätte gerade erst Radfahren ohne Stützräder gelernt“, sagte Johanna.
„So ist das eben“, rief Oma. „Warte mal ab, bis du Großmutter bist.“
„Ja, jünger wird keiner, nicht wahr, Hermine?“ Die Pflegerin öffnete ihre Tasche und holte einen Ordner, ein Blutdruckmessgerät, eine Tablettenbox und ein weiteres Messgerät heraus. Dann wandte sie sich an Johanna.
„Es ist schön, dass Sie sich um Ihre Großmutter kümmern. Heute ist das weiß Gott keine Selbstverständlichkeit mehr. Und Hermine wird es Ihnen leicht machen. Sie nimmt brav alle Medikamente, hat einen gesunden Appetit und versteht mehr von Politik als ich“, erklärte Frau Mack.
„Na, ich habe ja auch Zeit, um die Zeitung zu lesen, und Sie müssen sich mit uns alten Leuten herumschlagen!“, sagte Oma und deutete auf die Zeitung, die vor ihr auf dem Küchentisch lag. „Heute steht ein Artikel über die Tote im Wald drin. Sie ist vergiftet worden. Morgen wird Genaueres bekanntgegeben. Die Polizei konnte immer noch nicht feststellen, wer sie ist.“
„Ja, das ist tragisch“, murmelte Frau Mack und notierte etwas in ihren Ordner.
Johanna starrte die Zeitung an und unterdrückte den Impuls, sie sofort aufzuschlagen und nach dem Artikel zu suchen.

„Johanna, ich messe täglich den Blutdruck und den Blutzuckerspiegel bei Hermine. Dann bekommt sie ihre Herztabletten von mir, die dürfen nicht vergessen werden“, erklärte Frau Mack und sah Johanna über ihre Lesehalbbrille eindringlich an.
Johanna nickte aufmerksam.
„Anschließend wasche ich sie und wäre Ihnen dankbar, wenn Sie mir wie ihre Mutter dabei helfen. – Einmal in der Woche müssen Sie mit ihr zum Hausarzt fahren. Aber ich nehme an, darüber hat Sie Ihre Mutter schon informiert. Herr Doktor Graben macht mittwochs eine Extraseniorensprechstunde.“
„Ja, ich weiß“, nickte Johanna.

Als Großmutter versorgt war und Frau Mack sich verabschiedet hatte, machte Johanna das Frühstück.
„Kann ich mal die Zeitung haben, Oma?“
„Ja, wenn du mir den Sportteil gibst. Den habe ich noch nicht durch“, antwortete Hermine und schob Johanna die Zeitung hin.
Johanna musste sich bemühen, die einzelnen Seiten langsam umzublättern, ihre Hände zitterten, und als sie den kleinen Artikel im Regionalteil endlich fand, starrte sie gebannt auf das Foto der jungen Frau.
„Unbekannte tot im Wald gefunden. Polizei bittet Bevölkerung um Mithilfe. Wer kennt die Tote?“
Johanna überflog den kurzen Text. Am Ende stand eine Telefonnummer der Kriminalpolizei.
„Sie war hübsch, nicht wahr?“, fragte Oma, die über Brillenrand und Zeitung hinweg direkt in Johannas Gesicht sah.
Sie fühlte sich ertappt und wusste nicht, weshalb.
„Ja“, antwortete sie mit krächzender Stimme und bemühte sich, betont interessiert die anderen Nachrichten aus der Region zu lesen. Doch weder die Eröffnung eines Freibades noch die Probleme in der Kläranlage konnten ihre Aufmerksamkeit fesseln. Immer wieder wanderte ihr Blick zum Foto der jungen Frau.

Ihr Gesicht sah aus, als ob sie schliefe.
Sanft und friedlich. Der Jugend und des Lebens beraubt von einem Unbekannten.

Wütend schob Johanna die Zeitung weg.
Wer war zu so einer Tat fähig? Vermutlich ein Mann. Vielleicht aus Eifersucht? Sie musste sich eingestehen, dass sie ihr auch alles Mögliche an den Hals gewünscht hatte. Seltsamerweise war ihre Wut auf Chris kleiner gewesen als auf sie, hatte sie ihn mit ihren Rachegelüsten eher verschont. Und sie hatte sich geschämt, wenn sie ihre Verwünschungen ausstieß. Doch so sehr sie litt, nie im Leben wäre sie fähig gewesen, den Jungverliebten etwas anzutun.
Umso mehr beunruhigte sie die Tatsache, dass es hier in der Nähe einen Menschen gab, der vor Mord nicht zurückschreckte. Obwohl sie in der Großstadt lebte, wo Verbrechen dieser Art häufiger geschahen, fühlte sie sich hier plötzlich auf unerklärliche Weise bedroht.
Aber wahrscheinlich spielten ihr nur ihre überspannten Nerven einen Streich.

Es war noch früh am Vormittag, als Johanna zu einem Großeinkauf bei Supermarkt und Discounter aufbrach. Sie steuerte ihr Auto auf einen Parkplatz. Gerade als sie ausstieg, parkte extrem dicht neben ihr ein Familien-Van ein.
„Geht's noch enger?", fauchte Johanna wütend, während sie ums Heck zur Fahrerseite des Vans lief. „Als ob hier nicht genügend Platz wäre!"
„Oh, tut mir Leid!", rief eine schlanke Frau mit dunkler Sonnenbrille und bronzefarbenen Haaren, die wie ein feiner Schleier über ihre Schulter fielen. „Wir haben das Auto erst seit ein paar Tagen, ich kämpfe noch mit den Abmessungen und …"
Die Frau unterbrach sich abrupt und nahm ihre Sonnenbrille ab. „Johanna?"
„Lena! Mensch, Lena! Der Stolz der Fahrschule Anderl!", rief Johanna. Lachend fielen die beiden Frauen einander in die Arme.
Lena hatte neben Ulla zu Johannas engsten Freundinnen gehört. Sie hatten schon zusammen den Dorfkindergarten besucht. Anders als Ulla, die mit Johanna nach München an die Universität gegangen war, hatte Lena hier in der Heimat eine Lehre zur Bankkauffrau begonnen. Inzwischen war sie Ehefrau und zweifache Mutter.

„Ich hatte ohnehin vor, dich heute anzurufen“, sagte Johanna. „Und ich hörte schon von Hilde, dass du angekommen bist. Wie lange bleibst du?“, wollte Lena wissen.
„Auf jeden Fall, bis meine Mutter von der Kur zurück ist, und wahrscheinlich noch ein bisschen länger. Wie geht es dir?“, lenkte Johanna ab. „Du siehst gut aus! Und der Wagen ist wirklich schön, so neu und ganz ohne Beulen.“
Lena kniff Johanna freundschaftlich in die Seite.
„Danke für die Blumen! Zum Glück gibt es keine Aufkleber mit der Aufschrift ‚Bin zwei Mal durch die Führerscheinprüfung gefallen! – Jeden Tag hält mir Hans einen Vortrag, dass ich ja aufpassen soll. Naja, wir sind wieder vollkaskoversichert.“ Lena warf einen wehmütigen Blick auf den Neuwagen.
„Männer sind so, sie lieben ihre Autos“, meinte Johanna tröstend.
„Wahrscheinlich. Wie geht es Chris?“, fragte Lena.
„Ich denke, ihm geht es gut“, sagte Johanna und bemühte sich um einen möglichst entspannten Gesichtsausdruck.
„Du denkst?“ Lena zog die Augenbrauen hoch. „Ihr seid doch noch zusammen, oder? Ihr seid verlobt!“
„Was heißt das schon?“, murmelte Johanna und sah angestrengt an Lena vorbei zu den aufgereihten Einkaufswagen, als wären es prachtvolle Designerkleider.
„Ihr habt euch also getrennt!“, stellte Lena fest. „Ach, Hanna, und ich habe mich schon so auf eine Hochzeit gefreut und davon geträumt, dass ich deine Trauzeugin sein darf.“ Lena nahm Johanna in den Arm. Die Designer-Einkaufswagen verschwammen vor Johannas Augen. Jetzt bloß zusammenreißen!
Lena hatte es dennoch bemerkt. Sie streichelte sanft ihre Schulter und schwieg.
„Dann lass uns mal einkaufen!“, sagte Johanna mit fester Stimme.
„Ja, auf in den Kampf! Ich erwarte am Wochenende Besuch und … Ach, da ist ja Herr Buchner, Leanders Lehrer. Hallo, Herr Buchner!“, rief Lena und winkte in Richtung eines sich rasch nähernden Mannes. „Müssten Sie nicht in der Schule sein?“
„Heute erst um 9.30 Uhr. Zuvor möchte ich noch schnell einkaufen. Guten Morgen, Frau Pfaff!“ Der Lehrer reichte Lena die Hand.

„Darf ich Ihnen meine Freundin Johanna vorstellen? Sie ist auch von hier und besucht uns gerade", zwitscherte Lena.
„Angenehm!", sagte Herr Buchner und reichte auch Johanna die Hand. Sie war feucht und kühl und Johanna war froh, als er ihre Hand wieder losließ. Ansonsten war er ein erfreulicher Anblick. Mütter gingen sicher gerne zu ihm in die Sprechstunde und bestimmt himmelten ihn schon die Grundschülerinnen an.
Und Ulla fände ihn perfekt und würde ihn gewiss sofort samt dem Postkarten-Tarzan in den Wunschkatalog schöner Männer aufnehmen. Hätte Lena ihn als Model vorgestellt, nähme Johanna ihr das sofort ab: groß, schlanker Körperbau, Muskeln in richtigem Umfang an der richtigen Stelle. Azurblaue Augen, schwarze Haare und ein sonnengebräunter Teint, als käme er gerade von einem Fotoshooting. Wieso nur konnte er ihr nicht direkt in die Augen sehen? Johanna hegte eine gewisse Abneigung gegen Menschen, die ihrem Blick auswichen und selbst in einer Unterhaltung stets einen halben Zentimeter vorbeisahen, als fixierten sie etwas viel Interessanteres.
Oder war er schüchtern? Verstohlen schielte sie nach einem Ehering. Fehlanzeige! Aber das hatte nichts zu bedeuten, viele verheiratete Männer trugen keinen Ring.
„Ich darf mich verabschieden", sagte Herr Buchner und eilte zu den Einkaufswagen. So kraftvoll und geschmeidig, wie er sich bewegte, schien er viel Sport zu treiben.

„Na, was sagst du?", flüsterte Lena. „Hätten wir früher mal so einen süßen Lehrer gehabt! Er ist intelligent, witzig und sieht verdammt gut aus. Da könnte man glatt schwach werden!
Also, als Ledige, meine ich." Sie sah Johanna herausfordernd an und grinste.
„Meinst du?", fragte Johanna gedehnt.
„Er ist nicht verheiratet. – Da fällt mir unser Schulfest ein. Du könntest doch einfach mitkommen. Was ist?"
Lena schob Johanna mit zu den Einkaufswagen.
„Mal sehen", brummte Johanna und zog einen Wagen aus der Reihe.

Nach dem Mittagessen half Johanna ihrer Oma dabei, sich für ein

Nickerchen ins Bett zu legen. Anschließend räumte sie auf und spülte ab. Da es heute nicht so heiß war, beschloss sie, mit dem Mountainbike, das sie aus München mitgebracht hatte, durch die Gegend zu streifen. Es erschien ihr sicherer, als zu joggen, obgleich sie wusste, dass das nicht stimmte.
Es tat ihr gut, sich auszupowern. Hier in dieser hügeligen Landschaft konnte sie ihr Bike endlich einmal richtig ausfahren.
Am südlichen Dorfrand befanden sich einige Grundstücke in Hanglage mit besonders großen Gärten. In München hätte man sie wohl als Park bezeichnet. Ein Haus, eigentlich eine Villa, wurde gerade fertiggestellt. Die weiße Fassade strahlte in der Nachmittagssonne und erinnerte Johanna an eine Filmkulisse für einen Südstaaten-Film. Die Terrasse erstreckte sich über alle Erdgeschossfenster, vornehmlich mit breiten Flügeltüren, und der halbrund geschwungene Balkon ruhte auf vier Säulen.
Einer der Bauarbeiter pfiff Johanna nach. Daher konzentrierte sie sich schnell wieder auf die steil ansteigende Straße. Nur jetzt keine Schwäche zeigen und möglichst cool vorbeidüsen! Sie gönnte dem pfeifenden Arbeiter und seinen beiden herbeieilenden Kollegen nicht den Anblick einer vom Berg überforderten Möchtegernsportlerin.

Als Johanna nach Hause kam, saß Oma bereits in der Küche.
„Geh' Hannerl, sei so nett und koche mir einen Kaffee", bat sie.
„Aber ich habe dir Kamillentee in die Thermoskanne gefüllt. Du sollst doch keinen Kaffee trinken, das ist nicht gut für dein Herz", protestierte Johanna.
„Ah, Blödsinn! Eine Tasse Kaffee bringt mich nicht um. Sei nicht so streng mit deiner Oma! Ich halte schon was aus", erwiderte Hermine lachend. Ihre grauen Haare, die letzte Wasserwelle lag erst ein paar Tage zurück, wippten keck bei jeder Kopfbewegung. Johanna sah die Kopfhaut weißlich durchschimmern. Heute waren die Augenringe nicht so dunkel, die Wangenknochen rosig. Oma zwinkerte ihr verschwörerisch zu und Johanna verspürte den Drang, sie sofort zu umarmen. Wie immer duftete sie nach Rosenwasser und ihre Wangen waren vertraut warm und weich wie früher, als Johanna sie küsste.
„Ich hab' dich so lieb, Oma! Ich könnte dich drücken!"

„Dann tu es doch!“, lachte Oma und umarmte Johanna erstaunlich kräftig.
„Nein, ich habe Angst, dir alle Knochen zu brechen!“
„Dann ist es besser, du kochst endlich Kaffee! Aber nicht zu stark!“ Hermine schob ihre Enkelin eine Armlänge von sich weg.
„Trink auch einen mit. Du bist blass. Und sei nicht so traurig wegen deinem Christian. So hieß er doch?“
„Oma!“
„Na, ich bin zwar alt, aber noch nicht vertrottelt, und ich sehe, wie bedrückt du bist. Glaub mir, mit Männern und mit deiner Arbeit kannst du dich noch ein ganzes Leben lang beschäftigen – und ärgern. Ich lasse zwar nichts auf meinen Josef kommen, aber wir hatten schon auch Ärger miteinander. Also, kriege ich jetzt einen Kaffee?“
Johanna drückte Hermine nochmals einen Kuss auf die Wange und füllte die Kaffeemaschine.
„Wem gehört eigentlich das Haus, das am Südhang gebaut wird?“, fragte sie über die Schulter hinweg.
„Dort baut der Neumeier. Nicht schlecht, was? Er ist wohl sehr fleißig und ein erfolgreicher Unternehmer. Fast jeden Monat sucht er neue Mitarbeiter.“ Hermine deutete auf die Zeitung.
Als Johanna Kaffee einschenkte, sah Hermine sie schelmisch lächelnd an. „Und wo ist das Gebäck?“
„Oma, du sollst nicht so viel Zucker essen“, wandte Johanna ein.
„Ach was“, winkte sie ab. „Das ist doch kein Leben. Ich will was Süßes, auch wenn ich dann nur 90 anstatt 92 Jahre werde! Her damit!“
Während Oma genüsslich Kekse knabberte und schluckweise Kaffee trank, schlug Johanna die Zeitung auf und suchte die Stellenanzeigen. Tatsächlich gab es eine große Anzeige von Neumeier Pharma: „IT-Manager/in gesucht“.
Für einen Augenblick stolperte Johannas Herzschlag. Hastig überflog sie die Daten. Das Anforderungsprofil passte auf ihre Qualifikation. Sollte sie eine Bewerbung schreiben? Nur so, um wieder Vorstellungsgespräche zu trainieren? Andererseits, würde sie wirklich hier bleiben wollen, falls sie eine Zusage bekäme?
„Ist wieder eine Anzeige vom Neumeier drinnen?“, fragte Hermine. Einige Brösel umsäumten ihren Mund.

Johanna nickte abwesend.
„Und, interessant? Er soll gut bezahlen. Angeblich hat er gerade ein pflanzliches Mittel gegen Migräne entwickelt. Außerdem ist er ein hübscher Mann und nicht verheiratet. Das wäre doch was für dich", sagte Oma zwinkernd. Dann fing sie plötzlich an zu husten. Johanna sprang erschrocken auf und klopfte kräftig auf Hermines Rücken.
Das war heute schon das zweite Mal, dass ihr ein lediger Mann aus der Gegend mehr oder weniger direkt angepriesen wurde!
„Willst du mir die Rippen brechen?", rief Oma.
„Meintest du gerade den Job, das Medikament oder den Mann?", fragte Johanna und setzte sich wieder.
Nachsichtig, wie man ein kleines Kind anblickte, das einfach nicht kapieren wollte, wie man Schleifen bindet, sah Hermine zu ihr hinüber.
„Alles natürlich!", sagte sie mit schelmischem Lächeln und schnappte sich den letzten Keks vom Teller.

Mit konzentriertem Blick suchte er Quadratmeter für Quadratmeter den Waldboden ab. Er kannte sich aus mit Waldfrüchten und Heilkräutern. In leicht gebückter Körperhaltung streifte er die Zweige eines Busches zurück, lauernd wie ein Tier auf Beutesuche.
Machte die Hitze etwa die Ernte unmöglich?
Dann lächelte er zufrieden. Er hatte endlich gefunden, wonach er gesucht hatte. Geradezu ehrfürchtig betrachtete er den Knollenblätterpilz.
Ein prachtvolles Exemplar, wie aus dem Lehrbuch. Der König der Giftpilze leuchtete weiß, geradezu unschuldig. Sein heimtückisches Gift steckte in jeder Faser, von der Knolle bis zur Haut des Hutes. Wer von ihm aß, hatte seinen Tod besiegelt.
Vorsichtig ließ er den Pilz in seinen Stoffbeutel verschwinden und drehte auch den zweiten, kleineren Nachbarn aus dem Waldboden.
Zufrieden zog er sich zurück.

Zwei Tage später stand Hilde plötzlich hinter ihr. Johanna erschrak wieder. Sie musste sich erst daran gewöhnen, dass unverschlossene oder gar offene Haustüren selbstverständlich waren.

„Hast du schon gehört?", fragte Hilde mit hoch erhobenem Kinn. „Die Tote im Wald hatte eine Vergiftung! Knollenblätterpilze!" Missbilligend schüttelte sie den Kopf. „Die jungen Leute kennen sich halt nicht mehr aus beim Schwammerl suchen!"
„Woher weißt du das? Ich habe nichts in der Zeitung gelesen", sagte Johanna und legte den Putzschwamm beiseite.
„Da steht es auch noch nicht!", rief Hilde triumphierend. Ihr Busen wippte vor Begeisterung mit. „Ich habe den Florian angerufen. Das ist doch mein gutes Recht, wo er quasi den Paul verdächtigt hat und wenn man schon mal einen Kriminalbeamten kennt. Es steht erst morgen in der Rundschau."
„Und ermittelt Florian jetzt weiter?", fragte Johanna.
„Ja, aber ich verstehe nicht, warum. Es ist doch kein Mord", mutmaßte Hilde.
„Sie hat das Pilzgericht bestimmt nicht mitten im Wald gegessen", wandte Johanna ein.
„Vielleicht wurde ihr anschließend bei einem Spaziergang schlecht und sie konnte keine Hilfe mehr holen", überlegte Hilde laut. „Es wurden auf jeden Fall keine verdächtigen Spuren wie Schuhprofile gefunden. Nur Reifenspuren, aber die sind bestimmt von den vielen Wanderern, die mit dem Auto bis in die Waldwege hineinfahren."
„Vielleicht, aber komisch ist es trotzdem", sagte Johanna und griff wieder nach dem Schwamm.

Am nächsten Tag war tatsächlich ein kleiner Artikel in den Regionalnachrichten, der über die vergiftete Frau berichtete. Der Beitrag der Pilzberatungsstelle war drei Mal so groß.
Am Nachmittag schlug das Wetter um. Eine Gewitterfront nahte. Johanna spürte eine Migräne aufsteigen und hielt sich mit Schmerzmitteln auf den Beinen, bis Hermine für die Nacht versorgt war. In der zweiten Nachthälfte gab es dann zwei Gewitter. Das eine tobte in Johannas rechter Kopfhälfte, das andere wütete mit Sturm und Hagel über das Gebiet hinweg.
Am nächsten Morgen war die Luft gereinigt und Johannas Kopf klar und schmerzfrei. Ein wolkenloser Himmel verhieß einen schönen neuen Sommertag.

Inzwischen hatten Johanna und Hermine für sich einen angenehmen Tagesrhythmus gefunden. Die Hitze hatte seit dem Gewitter etwas nachgelassen, dadurch ging es Hermine deutlich besser, ihre Augenringe waren verschwunden. Johanna genoss die Gespräche mit ihrer lebenserfahrenen und warmherzigen Großmutter und hatte die Tote im Wald fast schon vergessen. Es schien ein mysteriöser Unfall gewesen zu sein.
Auch im Dorf gab es wieder andere Gesprächsthemen. Die Kinder freuten sich schon auf die bevorstehenden Schulferien und ihre Eltern hofften auf sorgenfreie Urlaubstage. Der Juli verabschiedete sich heiter und mit der unbeschwerten Leichtigkeit eines Sternekoch-Soufflés.

Kalt und regnerisch war der Augustmorgen, an dem Waldarbeiter die Leiche einer jungen Frau fanden.
Nur wenige Kilometer vom Fundort der ersten Toten entfernt, lag sie am Rande einer Fichtenschonung. Sorgsam hingebettet auf knöchelhohen Bäumchen, als ob sie schliefe. Blondes Haar, blasser Teint und gepflegte Hände.
Auch sie hatte nichts bei sich, was auf ihre Identität hinwies. Nicht einmal ein Papiertaschentuch war in ihrer durchnässten Kleidung zu finden.

Tief im Wald

„Florian, du sollst zum Chef kommen, es eilt!“, rief Gabi. „Wo warst du denn so lange?“
„Bei den Kollegen vom K 5“, antwortete er ruhig. „Was gibt es?“
„Eine Frauenleiche, tief im Wald, wo Fuchs und Has’ …“ , sagte Gabi mit hochroten Wangen, doch Florian Wallner unterbrach sie.
„Etwa wieder in der Nähe des Nationalparks?“
„Ja, wieso lässt du mich nicht ausreden?“, schmollte sie.
„Ist mein Espresso fertig?“, fragte Florian.
„Espresso? Nix Espresso, pronto, pronto!”, sagte Gabi und fuchtelte so wild mit den Händen, dass ihr Pferdeschwanz bei jeder Bewegung mitwippte.
In diesem Moment öffnete sich die Tür und Hauptkommissar Kremmel trat ins Zimmer.
„Hier bist du ja!“, sagte er zu Florian ohne Vorwurf in der Stimme. „Hat Gabi dich schon informiert?“
Noch bevor Florian antworten konnte, wandte sich Kremmel an Gabi. „Könnte ich bitte einen Espresso haben?“
„Zwei Espresso“, ergänzte Florian grinsend.
Gabi zog die Augenbrauen hoch und ging wortlos zur Espressomaschine.
„Kann es einen Zusammenhang geben?“, fragte Florian.
„Gut möglich, bis jetzt ist nur bekannt, dass die Leiche einer jungen Frau gefunden wurde, die äußerlich keine Zeichen von Gewalteinwirkung zeigt“, erklärte Kremmel und griff nach der Espressotasse, die Gabi ihm reichte. „Wir fahren gleich zum Fundort, vielleicht gibt es bereits neue Erkenntnisse.“
Florian kippte das heiße Gebräu in einem Schluck die Kehle hinunter und folgte seinem Chef über den Korridor zu seinem Büro. Dort schnappte er sich seine Jacke und den Schlüssel des Dienstwagens. „Soll ich fahren? Es regnet immer noch.“ Florian sah Kremmel an, der ihm zunickte. Vor fünf Jahren war er mit seinem Dienstwagen bei regennasser Straße ins Schleudern geraten und gegen einen Baum geprallt. Seine Beifahrerin, eine junge Kommissaranwärterin, war dabei ums Leben gekommen. Seitdem überließ der erfahrene und sonst so abgeklärte Kriminalbeamte das Fahren bei Regen seinen Kollegen.

Während Florian den Dienstwagen rasch, aber sicher über die Landstraßen lenkte, waren seine Gedanken schon am Ziel ihrer Fahrt. Wer mochte die Tote sein? Je mehr sie sich dem Fundort näherten, desto größer wurde seine Unruhe. Was, wenn die Tote eine Bekannte aus dem Dorf oder der Schulzeit war?
Florian warf seinem Chef einen kurzen Blick zu.

Werner Kremmel saß schweigend auf dem Beifahrersitz. Sein Gesicht war verschlossen, ein Backenmuskel zuckte rhythmisch. Auch er schien mehr als die übliche Anspannung zu spüren, die sie trotz aller Berufserfahrung immer ergriff, kurz bevor sie einen Tatort erreichten. Als Florian den Audi auf die Forststraße lenkte, die zu der Schonung führte, wusste er plötzlich, was er unterschwellig befürchtete: Konnte Johanna das Opfer sein?
Sein Puls beschleunigte sich in dem Maße, wie er die Geschwindigkeit des Wagens reduzieren musste. Kleine Steine stoben hoch, wurden von den Reifen an den Wegrand oder in die Radkammern geschleudert.
„So eilig?“, brummte Kremmel mit einem flüchtigen Seitenblick zu Florian, der unwillig den Kopf schüttelte, die Geschwindigkeit jedoch nicht drosselte.
Johanna joggte offensichtlich gerne im Wald. Vor ein paar Tagen hatte er sie wiedergetroffen und, wenn er ehrlich zu sich selbst war, seitdem immer wieder an sie gedacht. Wie sie vor ihm gestanden hatte, irgendwie beschützenswert zart, fast zerbrechlich, aber auch trotzig und zurückweisend.
Als nach einer Weggabelung plötzlich Einsatzfahrzeuge auftauchten, musste Florian stark bremsen.
„Das nenne ich mal Diensteifer“, brummte Kremmel und stieg aus.
Florian eilte seinem Chef voraus. Als er vor der regennassen, grauen Folie stand, die die Leiche abdeckte, biss er sich vor Anspannung auf die Lippen. Er zwang sich zu warten, bis sein Chef neben ihm stand, dann erst nickte er dem jungen Polizisten zu, der sich bückte und die Folie etwas zurückschlug.

Der Oberkörper der Toten lag frei. Regentropfen benetzten wie Tränen ihr schönes Gesicht. Sie lag da, als ob sie schliefe. So, als müsse man nur kurz ihre Wangen berühren und sie wecken. Doch sie würde nie wieder erwachen.

Florian senkte den Kopf und wandte sich ab. Niemand sollte sehen, wie er auf den Anblick der Toten reagierte. Er musste professionell handeln, in jeder Situation. Doch nun kämpfte er plötzlich mit Emotionen, zum ersten Mal in seiner beruflichen Laufbahn bei der Mordkommission ging ihm ein Fall näher, als es sein durfte.

Da trat der Notarzt an sie heran. „Wir konnten leider nichts mehr für die junge Frau tun. Alle Wiederbelebungsversuche blieben erfolglos. Sie hat dabei etwas erbrochen. Die Spurensicherung hat sofort Proben genommen." Er nickte zuerst Kremmel und dann Florian zu.

„Danke!", sagte Kremmel knapp.

Florian sog die kühle Waldluft tief ein. Jetzt erst entdeckte er die vier Waldarbeiter. Wie um den Stamm einer mächtigen Fichte gewickelt, standen sie dicht gedrängt, vor dem Regen Schutz suchend. Sie blickten betreten unter ihren orange leuchtenden Schutzhelmen hervor. Wortlos nickte Florian ihnen zu. Er fror unter seiner dünnen Regenjacke und während er über den feuchten Waldboden zu den Arbeitern hinüberging, zitterten seine Knie. Doch als er dem kräftigen Vorarbeiter die Hand schüttelte, hatte er sich wieder gefasst.

„Sie haben die Tote gefunden", sagte er zur Begrüßung. „Bitte erzählen Sie mir alles, auch das, was Ihnen vielleicht unwichtig erscheint."

Der Vorarbeiter kratzte sich am Hinterkopf, dann fing er an zu erzählen. Hin und wieder ergänzten die Kollegen seinen Bericht.

Konzentriert nahm Florian die Aussagen auf. Als er sich gerade verabschieden wollte, fiel ihm noch eine Frage ein.

„Wem gehört dieser Waldabschnitt eigentlich?"

„Na, dem Max Gschwender", antwortete der Vorarbeiter mit unverhohlener Verwunderung, dass jemand das nicht wusste.

„So, dem Gschwender", sagte Florian leise.

„Können wir jetzt weitermachen?", fragte der Arbeiter.

„Ja, natürlich, sobald mein Kollege Ihre Personalien festgestellt hat", bestätigte Florian und winkte einen Polizisten zu sich heran.

Dann sah er sich nach Kremmel um, der gerade mit dem Einsatzleiter der Spurensicherung sprach.

Der leblose Körper der jungen Frau wurde vorsichtig in einen Zink-

sarg gebettet. Florian starrte dem Fahrzeug hinterher, das sie ins gerichtsmedizinische Institut bringen würde.
„Nicht immer leicht, unser Job, nicht wahr, Wallner?", raunte Kremmel plötzlich neben Florian. „Geht dir das so nahe?"
Florian fühlte sich ertappt wie ein kleiner Junge, der Schokolade gemopst hat. Ruckartig drehte er sich zu seinem Chef um.
„Wird es denn je Routine?", fragte er, statt zu antworten.
Kremmel holte schweigend ein Kräuterbonbon aus seiner Jackentasche. „Da ist ein schmaler Grat zwischen Selbstschutz und menschlicher Anteilnahme. Wirklich schlimm wird es, wenn wir den Tod eines Kindes aufklären müssen. So viel ich weiß, ist dir das bisher erspart geblieben. Aber berufliche Routine heißt nicht gleich Abgebrühtheit. Du musst dich also nicht schämen." Kremmel wickelte das Bonbon aus dem Papier.
„Täusche ich mich oder war mein Eindruck richtig, dass du die Tote kanntest?" Scheinbar gelassen schob Kremmel das Kräuterbonbon in den Mund, doch seine Augen fixierten den jungen Kollegen. In all den Jahren waren seine Sinne gereift, sein Blick geschärft, um auch noch so kleine Regungen zu registrieren.

Florian sah seinem Chef direkt in die Augen. So sehr er den sinnlosen Tod der jungen Frau bedauerte, so erleichtert war er über die Tatsache, dass es nicht Johanna war, die leblos unter der kalten Plane gelegen hatte. Gleichzeitig verwirrte es ihn, dass er sich Sorgen um eine Frau machte, die er seit seiner Jugend nicht mehr gesehen hatte. Doch er versuchte diese Gedanken zu verdrängen. „Ich kenne die Tote nicht", versicherte Florian. „Du hast dich diesmal getäuscht."

„Allmächtiger!" Hilde bekreuzigte sich mit mehlbestäubten Händen. „Schon wieder a' Leich' in unserem Wald!" Sie ließ sich schwerfällig auf einen Küchenstuhl sinken.
„Ja, wo gibt's jetzt so was?", fragte Max. „Da will mich doch jemand ärgern!" Er verschränkte die Arme vor seinem mächtigen Bauch.
„Von Ärgernwollen kann keine Rede sein, Herr Gschwender!", bemerkte Hauptkommissar Kremmel. „Tatsache ist, dass in Ihrem Wald innerhalb kurzer Zeit zwei tote Frauen gefunden wurden."

„Da können wir doch nichts dafür!“, rief Hilde aufgebracht.
„Was glauben Sie, was das für einen Tratsch gibt im Dorf?“, brummte Max. „Die freuen sich doch alle.“
„Wer sind ‘die’ und weshalb sollten sie sich über tote Frauen freuen? Das müsst ihr uns bitte erklären“, wandte Florian ein.
Max warf ihm einen verächtlichen Blick zu.
„Weil ich reich bin, da gibt's Neid!“, donnerte er. „Also spiel' ordentlich Detektiv und find' endlich den Wahnsinnigen, der mich in schlechtes G'red bringt!“
Florian musste sich zwingen, ruhig zu bleiben. Sein Chef nahm ihm die Antwort ab.
„Wir ‘spielen’ nicht Detektiv, Herr Gschwender, und ich nehme an, Sie ‘spielen’ auch nicht Bauernhof mit Traktorfahren. Es geht darum, den Mord an zwei jungen Frauen aufzuklären und dabei jeder erdenklichen Spur nachzugehen.“
„Was denn für eine Spur?“, kreischte Hilde hysterisch. Sie riss ihre Augen weit auf. Florian fürchtete fast, sie würden aus den Augenhöhlen quellen wie der Hefeteig, der auf dem Küchentisch in einer Schüssel lag.
„Es gibt leider nur wenige Anhaltspunkte. Deswegen bitten wir Sie ja um Ihre Mithilfe. Ist Ihnen in letzter Zeit etwas Ungewöhnliches im Wald aufgefallen? Wollte jemand Teile Ihres Waldes erwerben?
Haben Sie diese junge Frau schon einmal gesehen?“ Hauptkommissar Kremmel zog ein Foto aus seiner Jackentasche und hielt es so, dass Max einen Blick darauf werfen konnte.
„In meinem Wald gibt es nichts Ungewöhnliches. Und außer den Borkenkäfern hält sich niemand darin auf, den man gleich rausschmeißen müsst'“, sagte Max, nachdem er kurz auf das Foto gesehen hatte. „Die Tote kenn ich nicht. Vielleicht war's so a dummes Madl, das als Anhalterin mitgefahren ist. Soll ich da Mitleid haben? – Und es gibt immer wieder Bauern, die ein Stück von meinem Wald kaufen wollen. Zuletzt der Sepp Moosbichler. Aber der bringt doch deswegen niemanden um.“
Max Gschwender lachte, als hätte er einen derben Stammtischwitz erzählt bekommen.
„Woran ist sie gestorben?“, fragte Hilde, als auch sie das Foto betrachtete. „So ein hübsches Ding. Moment mal!“ Hilde stutzte plötzlich.

„Sie hat Ähnlichkeit mit einer Frau, die mal im Oberdorf beim Ettengruber gearbeitet hat. 'Gejobbt' sagt man ja heute dazu. Fragen Sie doch da mal nach."
„Beim Gastwirt Ettengruber?", fragte Florian.
„Genau da!", bestätigte Hilde, sichtlich stolz, einen vielleicht wichtigen Hinweis gegeben zu haben. „Das würde passen! Bei ihm wechseln die Bedienungen oft und er hat dauernd irgendwelche Frauengeschichten."
„Ist das auch nur Gerede im Dorf?", fragte Kremmel.
Jetzt war er derjenige, der einen vernichtenden Blick einfing, diesmal von Hilde.
„Und an was ist sie denn jetzt g'storben?" Sie sah Florian an wie ein Kind, das auf eine Belohnung wartet.
„Das wird gerade noch untersucht", wich er betont ruhig aus, „aber wenn der Tipp mit dem Ettengruber stimmt, bist du die Erste, die es erfährt."

Der Landgasthof mit Wirtsgarten lag am Rande des Dorfes. Unter den alten Kastanien standen regennasse Tische. Ein junger Mann war gerade dabei, Laub und Regenwasser wegzuwischen. Als er Kremmel und Wallner entdeckte, rief er: „Heute Ruhetag!"
„Sind Sie Herr Ettengruber?", fragte Kremmel, obwohl er die Antwort schon ahnte.
„Nein. Chef ist im Haus. Hier rein!" Der Mann deutete zu einem Seiteneingang und wandte sich dann wieder seiner Arbeit zu.
Die beiden Männer traten ins Haus, doch weder im Hauptraum noch in den beiden Nebenstuben war jemand anzutreffen.
„Hallo?", rief Kremmel, wieder zurück im großen Gastraum.

Florian sah sich eine Fotowand neben der Bar an. Sie zeigte Aufnahmen von Vereins- und Schützenfesten sowie von Hochzeiten und sollte wohl eine Werbung für die Vielfalt des Landgasthauses sein. Er betrachtete ein Foto nach dem anderen.
Tatsächlich war der ein oder andere Bekannte mit auf dem Bild, wie Benedikt, ein Schulfreund und offensichtlich Schützenkönig des Jah-

res 2005. An einem Foto blieb Florians Blick hängen. Es zeigte ein Brautpaar, das vor einem festlich geschmückten Buffet stand. Neben dem Brautpaar hatten sich auf beiden Seiten je drei junge Frauen und Männer aufgereiht, vielleicht die Trauzeugen. Die zierliche Braut trug ein zartes, elfenhaftes Kleid und strahlte glücklich in die Kamera. Der Bräutigam war Korbinian, Sohn eines reichen Sägewerkbesitzers und Florian ebenfalls aus seiner Schulzeit bekannt. Ein Schuljahr lang hatten sie in einer Bank nebeneinander gesessen und Korbinian war sehr erfinderisch darin gewesen, von ihm abzuschreiben. Dass ausgerechnet er eine so schöne Braut gefunden hatte, erfüllte Florian für einen kurzen Moment mit Neid.

Plötzlich trat ein großer, kräftiger Mann in den Raum. Seine rotblonden Haare hatte er mit einer großzügigen Portion Haargel gebändigt. Die jungenhaften Sommersprossen, die sich über Nase und Wangenknochen erstreckten, standen in eigenartigem Kontrast zu den maskulinen, fast derben Gesichtszügen.

„Hat Marek nicht gesagt, dass wir heute Ruhetag haben?“, donnerte er unfreundlich.

„Doch, das hat er artig ausgerichtet!“, entgegnete Kommissar Kremmel gelassen und stellte sich und Florian vor.

„Sind Sie Herr Ettengruber?“, fragte Kremmel.

„Ja. Und was wollen Sie von mir?“ Der Wirt verschränkte seine Arme vor der Brust, eine ähnlich abweisende Geste, wie auch Max Gschwender sie heute benutzt hatte.

„Wir ermitteln in zwei Mordfällen. Beide Leichen wurden in einem Waldstück nahe dem Nationalpark gefunden.“

Ettengruber zuckte mit den Schultern.

„Wir haben einen Hinweis erhalten, dass eines der Opfer möglicherweise bei Ihnen gearbeitet hat“, sagte Kremmel und zog das Foto, das er vor kurzem schon Hilde Gschwender gezeigt hatte, aus seiner Jackentasche. „Kennen Sie diese junge Frau?“

Zögernd nahm Herr Ettengruber das Foto entgegen. Wortlos sah er auf das Bild, das das Gesicht der Unbekannten zeigte. Bevor er antwortete, strich er bedächtig über sein Kinn.

„Ich bin mir nicht ganz sicher“, begann er und seine Stimme klang auf einmal nicht mehr so herrisch wie zur Begrüßung. „Das … das

könnte die Jana sein, Jana Mellnicék. Sie hat im letzten Sommer ein paar Monate lang bei mir gearbeitet."
„Woher stammt sie?", fragte Kremmel, froh, endlich einen Anhaltspunkt zu haben. „Und wie lange hat Sie konkret für Sie gearbeitet? Bitte versuchen Sie sich zu erinnern!"
„Wissen Sie, wo sie zuletzt gearbeitet hat?", warf Florian ein.
Ettengruber sah von einem zum anderen, offenkundig überfordert von den an ihn gestellten Fragen. Stumm schüttelte er den Kopf.
„Sie hat ... ohne Papiere bei mir gearbeitet", murmelte er betreten.
„Schwarzarbeit?" Kremmel zog die Augenbrauen in die Höhe und hatte fast ein wenig Spaß dabei, den Wirt zu verunsichern.
Ettengruber nickte.
„Im Moment interessiert uns das nicht. Viel wichtiger wären Hinweise, wo sie sich zuletzt aufgehalten hat", entgegnete Florian.
Ettengruber sah ihn erleichtert an. „Ich wollte sie fest anstellen und bei mir behalten. Wirklich! Sie hat flott und freundlich bedient, sich nie verrechnet und die Gäste mochten sie."
„Sie auch?", warf Kremmel ein.
„Ja, natürlich. Ich war ...", stotterte der Wirt.
„Verliebt?" Kremmel nahm Ettengruber das Foto wieder ab.
„Nein! Ich mochte sie einfach." Ettengruber trat unbehaglich von einem Bein auf das andere, wie ein Kind, das dringend auf die Toilette muss.
„Man munkelt auch, dass Sie gerne mit Frauen flirten?", warf Kremmel ein.
Ettengruber winkte ab. „Das ist Altweiber-Geschwätz! Ich muss natürlich zu meinen weiblichen Gästen freundlich sein. Das missversteht vielleicht die eine oder andere und die Alten erst recht! Und mit weiblichem Personal umzugehen, ist nicht immer leicht. Manchmal fühlt sich eine ungerecht behandelt. Dann entstehen Gerüchte." Die Stimme des Wirts war wieder gefestigt.
„Behandeln Sie sie denn ungerecht?", wollte Kremmel wissen.
„Nein! Aber ich sage, was Sache ist. Und wenn eine faul ist oder Fehler macht, bekommt sie das zu hören", verteidigte sich der Wirt.
„War Jana fleißig?", fragte Florian.
„Ja, sehr!" Ettengruber strich wieder über sein Kinn. „Deswegen woll-

te ich sie ja behalten. Aber sie blieb stur. Sie hatte vor, wieder in ihre Heimat zu gehen. Das sagte sie zumindest."
„Welche Heimat?", fragten Kremmel und Florian gleichzeitig.
„Tschechien." Ettengruber sah von einem zum anderen. „Mehr weiß ich wirklich nicht, auch nicht, ob sie tatsächlich wieder dorthin gefahren ist."
„Wir möchten gerne mit den weiblichen Angestellten sprechen, die mit Jana zusammen gearbeitet haben", sagte Kremmel und reichte Ettengruber seine Visitenkarte.
Der Wirt nahm die Karte entgegen und nickte betreten.
„Heute sind nur zwei Mädchen da. Wir haben ja Ruhetag. Frau Schneider ist erst seit drei Monaten hier und hatte keinen Kontakt zu Jana. Aber ich kann Elena holen, sie war, soviel ich weiß, ganz gut mit Jana befreundet", schlug Ettengruber vor, nickte Kremmel kurz zu und eilte aus dem Gastraum.
Kurz darauf erschien er wieder mit einer pummeligen jungen Frau, die einen verschmutzten Küchenkittel trug und die beiden Beamten unsicher, fast verängstigt ansah.
„Kommen Sie ruhig näher", bat Kremmel freundlich, „wir beißen nicht." Er zog erneut das Foto aus seiner Brusttasche. „Ihr Chef hat Ihnen sicher schon gesagt, weshalb wir hier sind?"
Elena nickte.
„Bitte sehen Sie sich dieses Foto an! Erkennen Sie die junge Frau?"
Kremmel reichte ihr das Foto, das sie zögernd entgegennahm.
Elena biss auf die Lippen, ließ ihre Hand sinken und fing an zu weinen.
„Jetzt heul nicht, sondern beantworte die Fragen!", donnerte der Wirt derb.
„Wir haben noch keine gestellt", Kremmel wandte sich an die weinende Küchenhilfe. „Bitte beruhigen Sie sich und sagen Sie uns alles, was Sie über die Tote wissen!"
Elena fuhr sich mit den Händen über die Augen.
„Das ist Jana. Hat bei mir gewohnt. War wie kleine Schwester für mich und immer lieb. Wer hat das gemacht?", brachte sie hervor und fing wieder an, laut zu schluchzen.
„Das wissen wir noch nicht", wandte Florian mit sanfter Stimme ein. „Aber Sie können uns helfen. Wie lange hat Sie bei Ihnen gewohnt?"

„Na, bis gehen nach neue Arbeit in Regensburg. Die Dumme! Hier war gut. Sie wollte arbeiten in Nähe von Freund. Weiß aber nicht, wo, sie hat gemacht daraus ein Geheimnis“, schluchzte Elena.
„Wissen Sie, wer Janas Freund war?“, fragte Florian.
Elena schüttelte den Kopf. „Das war großes Geheimnis.“
„Weil er verheiratet war? Hat sie denn gar nichts von ihm erzählt?“, bohrte Kremmel. „Bitte versuchen Sie sich zu erinnern! Sie wollen doch auch, dass wir den Mörder ihrer Freundin finden.“
„Ich weiß nur, dass sie hatte einen Freund in Tschechien.
Den Deutschen habe ich nie gesehen“, sagte Elena leise.
„Und den Tschechen?“, fragte Kremmel. „Den haben Sie gesehen?“
„Einmal hat er besucht Jana. Aber er kam nicht in Wohnung. Jana ging raus, haben gestritten. Weiß nur, dass er hat braune Haare und ist groß.“ Elena fing erneut an zu weinen. Ihre Schultern bebten.
„Mehr weiß ich nicht!“, rief sie.
„Beruhigen Sie sich!“, bat Kremmel. „Vielleicht fällt Ihnen in den nächsten Tagen noch mehr ein. Sie haben uns schon ein bisschen geholfen.“ Er reichte auch ihr eine Visitenkarte.
„Rufen Sie uns an. Jede Kleinigkeit kann für uns wichtig sein.“
Mit zitternder Hand nahm Elena die Karte entgegen.
„Kann wieder gehen arbeiten?“, fragte sie leise.
„Ja“, knurrte der Wirt. „Und hör auf zu heulen!“

„Das fehlt uns gerade noch!“, brummte Hauptkommissar Kremmel, als er ins Auto stieg.
„Was denn?“ Florian schloss den Gurt.
„Dass wir vielleicht auf Hinweise der tschechischen Kollegen angewiesen sind!“
„Bisher hat die Zusammenarbeit doch gut geklappt, wenn es nötig war“, wandte Florian ein.
„Es gibt meist irgendwelche bürokratische Hürden. Und wenn nicht, kommt es auch darauf an, ob und wie schnell sie uns helfen wollen. Offene Grenzen hin oder her.“ Kremmel schwieg kurz, bevor er weiter sprach. „Wenigstens haben wir jetzt erste Anhaltspunkte. Und diesem schmierigen Gastwirt schicken wir die Kollegen vom K 5. Wie mir

scheint, gibt es hier ein paar Fälle von illegalen Arbeitskräften und Schwarzarbeit."

Dann gurtete er sich ebenfalls an und zog sein Handy aus der Brusttasche seiner Jacke.

„Ins Büro?", fragte Florian, als er den Wagen startete.

Kremmel nickte, während er eine Speichertaste aktivierte.

„Gabi, wir sind es. Gibt es schon etwas Neues aus der Gerichtsmedizin? In etwa einer Viertelstunde? – Wir sind auf der Rückfahrt, ruf mich an!" Kremmel legte das Handy in die Seitenkonsole.

Es dauerte länger, bis der Rückruf kam. Die beiden Männer hatten fast die Stadtgrenze erreicht, als das Handy klingelte.

„Ja?" Kremmels Stimme war die Anspannung anzuhören.

Florian wunderte sich darüber, musste sich jedoch konzentrieren, da sich die Straßenführung wegen einer Baustelle verengte.

„Ach, was? – Nein. Wir sind in zehn Minuten da."

Kremmel schwieg und starrte aus dem Fenster.

„War das Gabi?", fragte Florian mit Blick auf das Fahrzeug vor ihnen. Als er keine Antwort erhielt, sah er zum Beifahrersitz.

Kremmel hatte den rechten Arm aufgestützt und rieb sich die Augen wie jemand, der lange intensiv vor einem Bildschirm gearbeitet hat.

Florian hörte Reifen quietschen. Blitzschnell war seine Aufmerksamkeit wieder auf den Verkehr gerichtet. Er musste plötzlich selbst scharf bremsen und kam nur knapp hinter dem Fahrzeug zu stehen, das vor ihnen abrupt anhielt.

Florian ahnte, weshalb sein Chef so beharrlich schwieg und wohl bereits fieberhaft zu kombinieren versuchte. Wahrscheinlich hatte er schon mit dem Ergebnis gerechnet, das Gabi eben übermittelt hatte.

„Sie hat Knollenblätterpilze gegessen, nicht wahr?", fragte er. „Das ist doch kein Zufall mehr!"

Kremmel sah mit verschlossener Miene aus dem Seitenfenster. Dann wandte er den Kopf und nickte.

„Wir müssen uns auf einen Serientäter einstellen", bestätigte er.

In diesem Moment hupte jemand ungeduldig hinter dem Dienstfahrzeug. Florian fuhr an.

Während der ganzen Fahrt versuchte er sich die Persönlichkeit des Täters vorzustellen: Es musste ein intelligenter, weil subtil handelnder

Mensch sein, der vermutlich die beiden Frauen vergiftet hatte. Wahrscheinlich war er oder sie, vielleicht hatte Gabi ja recht, getrieben von tiefem Hass, dessen Ventil es war, das Opfer qualvoll sterben zu sehen. Und es lag in ihrer Verantwortung, rasch zu handeln. Denn er fürchtete, es würde weitere Opfer geben.

Der Pharmakologe

Johanna wartete in der eleganten Empfangshalle von Neumeier Pharma. Nervös strich sie immer wieder über den engen schwarzen Rock ihres Kostüms. Die Empfangsdame lächelte ihr aufmunternd zu.
„Sie werden gleich abgeholt", sagte sie. „Setzen Sie sich doch noch bis dahin." Mit einladender Handbewegung wies sie auf die schwarze Ledergarnitur neben den hohen Glasvitrinen.
„Danke!", sagte Johanna. Langsam schritt sie zu den Vitrinen und tat, als ob sie der Inhalt interessiere. In Wirklichkeit atmete sie tief ein und aus.
„Wieso bist du dumme Nudel nur so aufgeregt?", schimpfte sie sich in Gedanken selbst. Es ist nur ein Trainingsgespräch, du willst doch nie und nimmer hier arbeiten!
In den Vitrinen lagen Packungen aller Medikamente, die Neumeier Pharma herstellte. Verschiedene Darreichungsformen waren ausgestellt, auf jeder Verpackung prangte das schlichte lindgrüne N für Neumeier Pharma. In einer Vitrine befanden sich Fotos verschiedener Heilpflanzen, zwei Bilder zeigten Mitarbeiterinnen des Betriebs beim Sortieren von rotem Sonnenhut.
Gerade als Johanna ein vergilbtes Schriftstück betrachtete, wohl ein Rezept aus längst vergangener Zeit, hörte sie Schritte auf dem weißen Marmorboden. Gleich darauf stand eine gepflegte Dame mittleren Alters in einem türkisblauen Kostüm vor ihr.
„Frau Brandner?", fragte sie freundlich und lächelte Johanna an.
„Ja, das bin ich. Guten Morgen."
„Guten Morgen, mein Name ist Neumeier", stellte sie sich vor. „Nicht verwandt oder verschwägert mit meinem Arbeitgeber", erklärte sie lächelnd und reichte Johanna die Hand.
„Ich darf Sie zu meinem Chef führen."
Johanna folgte ihr über zwei Etagen durch helle Flure. Unaufdringliche Eleganz, wohin Johanna sah: große Pflanzenarrangements, geschmackvolle Drucke in Messingrahmen, indirekt beleuchtet, und ein hellgrauer Velourssteppich, der jedes Trittgeräusch schluckte.
Frau Neumeier führte Johanna in ein großes Büro, offensichtlich das Vorzimmer.

„Ich melde Sie sofort an", sagte sie und verschwand hinter einer Seitentür. Gleich darauf erschien sie wieder. „Bitte, Sie werden erwartet."
Johanna atmete tief ein, lächelte und trat ins Chefzimmer.
Ein groß gewachsener Mann stand hinter einem mächtigen Schreibtisch aus Glas und Chrom und schloss sein Sakko.
Dann streckte er seine rechte Hand aus und lächelte Johanna an.
„Frau Brandner, guten Morgen!"
Gleich darauf saß Johanna in einem schwarzen Lederstuhl vor dem Schreibtisch und hörte Herrn Neumeier zu. Mit sonorer, melodiöser Stimme erläuterte er die Philosophie und Entstehungsgeschichte der Firma, stellte seinen Werdegang kurz dar und beschrieb dann stichpunktartig das Aufgabengebiet der zu besetzenden Stelle.

Johanna fielen Großmutters Worte ein. Sie hatte ihn als jung, gutaussehend und erfolgreich beschrieben und alle drei Attribute schienen definitiv zuzutreffen. Woher wusste Oma das nur?

„Ihre Bewerbungsunterlagen haben mir sehr gut gefallen", sagte er gerade und riss Johanna damit aus ihren Gedanken.
„Ich habe natürlich von den Kündigungen bei Ermanus Technology gehört. Weshalb glauben Sie, sind Sie für die ausgeschriebene Position geeignet?"
Johanna bemühte sich, charmant und gleichzeitig souverän zu lächeln. Als sie antwortete, klang ihre Stimme etwas zittrig, was sie etwas verunsicherte. Sie räusperte sich und straffte die Schultern. Dann fuhr sie fort und plötzlich, als wäre es nie anders gewesen, erzählte sie selbstsicher von ihrer letzten Position, ihrer Leidenschaft zum Beruf und dem Bestreben, bald wieder in ähnlicher Stellung zu arbeiten.
Herr Neumeier hörte aufmerksam zu. Sein Blick lag wohlwollend auf Johanna gerichtet.
Immer wieder stellte er fachbezogene Fragen und Johanna blieb keine Antwort schuldig.
„Hätten Sie ein Problem damit, für ein Pharmaunternehmen zu arbeiten?", fragte er und sah ihr direkt in die Augen, als wolle er bis in ihr Innerstes vordringen.

Johannas Herz flatterte. Nicht, weil die ehrliche Antwort ihr Probleme bereitete. Es war der warme und gleichzeitig fordernde Ausdruck in seinen blauen Augen. Verboten schöne, lang bewimperte Augen, die jenen wachen Ehrgeiz ausstrahlten, den Johanna nur zu gut von sich selbst kannte.

„Nein! Weshalb sollte ich?", antwortete Johanna und erwiderte den tiefen Blick. „Bei einem Unternehmen, mit dessen Produkten ich mich nicht identifizieren könnte, würde ich mich nicht bewerben."

Herr Neumeier nickte, aber weder dementierte noch kommentierte er ihre Stellungnahme. „Ich nehme an, ich muss auch nicht erwähnen, dass in einem Unternehmen wie unserem ein Höchstmaß an Diskretion gilt. Gegenüber der Öffentlichkeit und erst recht gegenüber der Konkurrenz."

Ein subtiles Lächeln umspielte seine Lippen. Johanna fiel ein Grübchen links oberhalb des Kinns auf.

„Darüber bin ich mir im Klaren", entgegnete sie.

„Das schließt Ihre Familie und Ihren Partner mit ein", sagte er.

Erneut sah er sie herausfordernd an.

Johanna gefiel das Spiel. Sie wartete einen Augenblick, genoss seine ungeteilte Aufmerksamkeit, streifte scheinbar verständnislos ob seiner Zweifel kurz über ihren Rocksaum, als könne sie gerade dort all seine Bedenken wegwischen. Als er tatsächlich mit den Augen ihrer Hand folgte und ein paar Herzschläge lang den Blick auf ihre schönen Beine richtete, beschleunigte sich ihr Pulsschlag.

„Das war bei meiner letzten Position ebenfalls oberstes Gebot. Für mich ist das selbstverständlich", antwortete Johanna schließlich mit einem Hauch von Schmollmund.

Herr Neumeier nickte, schwieg kurz, sah auf seinen Schreibtisch und dann wieder direkt in Johannas Augen.

„Frau Brandner, ich würde Ihnen gerne noch den Abteilungsleiter, Herrn Pfeiffer, vorstellen. Sie können ihm gerne alle fachbezogenen Fragen stellen. In ein paar Tagen werden wir uns bei Ihnen melden. Bis dahin sollten Sie sich überlegen, ob Sie im Falle einer Zusage für uns arbeiten möchten."

Herr Neumeier erhob sich.

„Gerne", antwortete Johanna und stand ebenfalls auf.

Kurz bevor sie die Bürotür erreichten, wurde diese aufgerissen. Johanna konnte sich gerade noch mit einem schnellen Schritt zur Seite retten. Sie geriet etwas ins Wanken und Herr Neumeier packte kräftig und dennoch sanft ihren linken Oberarm. Für den Bruchteil einer Sekunde sahen sie einander an. Dann ließ er sie wieder los.
„Danke", flüsterte sie und strich ihren Rock glatt.
„Leon, da bist du ja!", rief die junge Frau, die eben die Tür aufgerissen hatte und nun vor ihnen stand. Hinter ihr tauchte Frau Neumeier auf.
„Ich habe versucht, sie aufzuhalten!", sagte die Sekretärin entschuldigend. Sie zuckte die Schultern, dabei erstickte ihre angespannte Mundpartie ein angedeutetes Lächeln.
„Ist schon gut!", winkte er ab.
„Wieso gehst du nicht ans Handy?", fragte die junge Frau, ohne Johanna auch nur eines Blickes zu würdigen.
„Vielleicht, weil ich hier zu tun habe?" Neumeiers Stimme klang ironisch, aber nicht genervt.
„Und ich habe nichts zu tun? Wenn du mir schon die Baustelle überlässt, musst du auch erreichbar sein. Die Arbeiter kann man ja keine Minute aus den Augen lassen. Und jetzt stell dir vor: Gerade wurden die falschen Fliesen für den Pool geliefert. Ist das möglich? Sind die nur noch …"
„Sabrina?", unterbrach Neumeier ihren Redeschwall. „Können wir das auch nachher besprechen?"
Er lächelte die Frau milde an und Johanna begriff, dass es sich um seine Frau handeln musste, die den luxuriösen Neubau überwachte oder dies zumindest versuchte.
„Darf ich vorstellen?", sagte Neumeier zu Johanna gewandt.
„Meine Lebensgefährtin Sabrina Höchner."
„Sabrina, das ist Frau Johanna Brandner, eine vielversprechende Bewerberin, die ich in eine Fachabteilung begleiten möchte. Warte doch bitte so lange hier im Büro auf mich!"
Sabrina nahm ihre Sonnenbrille ab und musterte Johanna wie einen schäbigen Gebrauchtwagen, für den man zweitausend Euro zu viel bezahlen sollte. Sie nickte Johanna kühl zu und zog ihr cremefarbenes Kaschmir-Jäckchen aus.
„Gut, wenn es sein muss", sagte sie gnädig. Ihr perfekt geschminktes Gesicht war ebenmäßig und makellos.

„Was für ein schönes Paar", dachte Johanna und unterdrückte einen Anflug von Neid.
„Es geht um unseren Pool!", sagte sie mit einer Bestimmtheit, als handle es sich um einen Staatsakt.
„Ich weiß!", entgegnete Neumeier scheinbar gelassen. Johanna sah kurz eine kleine Zornesfalte zwischen seinen Augenbrauen, die jedoch sofort wieder verschwand. „Gehen wir!", sagte er freundlich zu Johanna gewandt.

Als Johanna etwas erschöpft, aber gut gelaunt nach Hause kam, saß Hermine auf der kleinen Bank im Vorgarten. Schwerfällig erhob sie sich, gestützt auf einen Stock, während Johanna das Auto parkte.
„Wie war dein Gespräch?", fragte sie anstatt einer Begrüßung.
„Es verlief gut", sagte Johanna lächelnd. „Und du hast nicht zuviel versprochen."
Ungeduldig wedelte Oma mit dem Gehstock. „Los erzähl, spann deine alte Oma nicht so auf die Folter!"
„Lass uns doch erst einmal ins Haus gehen", schlug Johanna vor und hakte ihre Großmutter unter. In der Küche fiel ihr sofort das Päckchen auf, das auf dem Küchentisch lag. Es war von Ulla.
„Ach, dass ich es nicht vergesse", sagte Hermine, „stell dir vor, die Lena war heute da und wollte dich sprechen. Ich habe sie lange nicht mehr gesehen und nur von Sophia gehört, dass sie schon zwei Kinder hat. – Den Brief dort hat sie da gelassen. Irgendeine Einladung." Sie deutete auf ein feuerwehrrotes Kuvert neben Ullas Päckchen.
„Ich sehe es mir nachher an. Weißt du was, Oma? Zuerst mache ich uns einen Kaffee und dann erzähle ich dir von meinem Vorstellungsgespräch." Johanna schob Hermine sanft zu ihrem Küchenstuhl und half ihr dabei, sich bequem hinzusetzen.
Als die Tassen mit dem heißen Kaffee und ein Teller Gebäck vor ihnen standen, fing Johanna an zu berichten. Ihre Eindrücke waren noch sehr frisch. Während sie Oma von ihren Gesprächen mit Herrn Neumeier und dem Abteilungsleiter Herrn Pfeiffer erzählte und ihr beschrieb, wie modern und geschmackvoll die Büros ausgestattet waren, wurde

ihr immer mehr bewusst, wie verlockend die Position für sie war.
„Hast du schon eine Zusage?“, fragte Hermine.
„Nein, ich werde in den nächsten Tagen benachrichtigt“, sagte Johanna.
„Und wirst du zusagen, wenn sie es dir anbieten?“ Oma lächelte.
Johanna drehte gedankenverloren ihren Kaffeelöffel.
„Wenn du noch länger umrührst, ist der Kaffee eiskalt“, raunte Hermine. „Wie ich sehe, bist du also beeindruckt. Von der Stelle, von Herrn Neumeier oder von beiden zusammen?“
„Was?“, fragte Johanna und rührte unbeirrt weiter.
„Beides also!“, konstatierte Oma. „Wunderbar! Dann sag zu. Ob du hier arbeitest oder in München, ist doch egal. Hier sind die Immobilien günstiger, falls du nicht in deinem Jugendzimmer wohnen willst. Was ich verstehen würde, schließlich bist du inzwischen erwachsen. Ach, und wie schaut es mit der Bezahlung aus?“
„Anfangs würde ich mich nicht verbessern, allerdings dann nach der Probezeit“, erklärte Johanna und legte den Löffel endlich auf die Untertasse. „Wichtiger ist mir wirklich, einen guten Arbeitsplatz zu haben, vor allem aber, überhaupt eine Stelle zu finden.“
„Krank sind die Leut’ immer mal. Da wäre eine Arzneimittelfirma schon was für die Zukunft“, meinte Hermine.
„Ach Oma, auch die bauen Stellen ab, leider!“ Johanna strich ihrer Großmutter sanft über den Handrücken.
Ungewöhnlich kräftig drückte sie Johannas Hand.
„Besser den Spatz in der Hand als die Taube auf dem Dach! Das Arbeitsklima soll gut sein beim Neumeier. Überlege es dir!“
Oma lächelte, aber ihre Augen waren ernst.
„Das mache ich, keine Angst!“, versprach Johanna.

Nachdem sie den Tisch abgedeckt hatte, öffnete sie das Kuvert von Lena. Darin befand sich die Einladung zum privaten Fest der 1. Grundschulkasse im Landgasthof Ettengruber, das in zwei Tagen stattfinden sollte.
„Ich hoffe sehr, du kommst!! Liebe Grüße, Lena“, stand mit roter Tinte auf der Rückseite der Kopie.
Dann öffnete Johanna das Päckchen von Ulla. Einige Briefe lagen darin, einer davon kam von ihrem ehemaligen Arbeitgeber.

Ungeduldig riss sie das Kuvert auf und überflog rasch die spärlichen Zeilen.
„... freuen uns, Ihnen für Ihre hervorragende Arbeit in unserem Unternehmen aufgrund Ihrer Betriebszugehörigkeit eine Abfindungssumme in Höhe von 15.000 Euro auszuzahlen. Wir überweisen ..."
15.000 Euro ?!?
Johanna ließ das Anschreiben sinken, nahm es wieder hoch, starrte auf die Zahl und schüttelte ungläubig den Kopf.
Etwas mehr als drei Monatsgehälter sollten ihre lausige Abfindung sein? Da konnte ja wohl nur ein erbärmlicher Irrtum vorliegen! Sie musste ihre Arbeitskollegin Tina anrufen und sich mit ihr abstimmen. Tina war im Personalbüro und wusste bestimmt mehr.
Auf Ullas Karte prangte diesmal ein grinsender Schimpanse, der dem Betrachter den Vogel zeigte. Wie passend!
„Wie geht es Dir, Du Dauerurlauberin? (Neid!). Kommst du bald mal wieder nach München zu Besuch? (Befehl!). Bei uns wird im Bereich Controlling eine Fachfrau gesucht. Wäre das auch was für Dich? Ich rufe Dich in den nächsten Tagen an! Liebe Grüße von Ulla"
Was das wohl für ein Job sein mochte? Johanna war sich sicher, dass Ulla nicht aus Mitleid ein wässriges Angebot übermittelte. Näheres würde sie bald wissen. Aber konnte sie sich tatsächlich vorstellen, bei einer großen Versicherung zu arbeiten? Und konnte man im Bereich Controlling wirklich kreativ sein? Sie hatte da ihre Zweifel.
Als sie sich durch die übrige Post wühlte, klingelte das Telefon.
Der Leiter der Kurklinik, in der sich Sophia aufhielt, war am Apparat.
„Frau Brandner?", fragte er nach knapper Begrüßung.
„Ja?" Johanna erschrak. Es konnte nichts Gutes bedeuten, dass sich ihre Mutter nicht selbst meldete. Bisher hatten sie jeden zweiten Tag miteinander telefoniert.
„Wir müssen Ihnen leider mitteilen, dass Ihre Mutter zwei Tage vor ihrer Entlassung im Schwimmbadbereich gestürzt ist. Sie hat sich einen komplizierten Beinbruch zugezogen und liegt in der Klinik.
Sie wurde heute Vormittag bereits operiert und wird auf ihren Wunsch hin morgen nach Bad Kötzting in eine Klinik überführt."
Er nannte Johanna die genaue Adresse und betonte, wie Leid ihm dies tue. „Ich soll Ihnen ausrichten, dass Sie sich keine großen Sorgen

machen sollen und Ihre Frau Mutter Sie morgen anruft."
So ein Komiker! Keine Sorgen machen, bei dieser Nachricht! Johanna umklammerte wütend den Hörer. Hatte dieser Mann nur einen Hauch von Ahnung, was diese Nachricht bedeutete? Bestimmt würde Mutter sich nun noch mehrere Wochen lang nicht um Oma kümmern können!

Als Johanna das Gespräch beendet hatte, starrte sie auf den Hörer, als könne er Antworten auf all die Fragen geben, die plötzlich auf sie einstürzten.
„Hannerl, was ist los? Was ist mit Sophia?", fragte Oma besorgt.
Sie war in ihrem Stuhl ein wenig eingenickt gewesen, während Johanna ihre Post las, und das Klingeln des Telefons hatte sie hochschrecken lassen.
„Es geht ihr gut, mach dir keine Sorgen!" Johanna ging neben dem Stuhl ihrer Großmutter in Hockstellung und ergriff ihre Hände.
„Mama hat sich ein Bein gebrochen und liegt im Krankenhaus."
„Mein Gott!" Hermines Lippen fingen an zu zittern. Johanna verstärkte ihren Händedruck.
„Bitte, mach dir keine Sorgen! Sie wird wieder gesund. Es ist nur ein Beinbruch", wiederholte sie und verschwieg, dass er wohl kompliziert sein musste, wenn eine Operation erforderlich gewesen war. „Wir werden sie bald besuchen."
„Ja, aber wer …? Wann kommt sie heim?", stotterte Oma.
„Ich weiß es noch nicht."
„Du willst doch bestimmt nicht so lange bei deiner alten Oma bleiben!", rief sie aufgeregt.
Johanna stand auf, legte ihr eine Hand auf die Schulter, mit der anderen drückte sie weiter ihre Hand. „Ich bleibe bei dir, versprochen! Wie könnte ich dich alleine lassen? Oder willst du mich loswerden?" Johanna stemmte gespielt empört ihre Fäuste in die Hüften.
„Geh', spinnst'?", rief Oma. „Es wird schon alles so sein, wie unser Herrgott es sich ausgedacht hat."
Johanna schwieg. So gläubig wie ihre Großmutter war sie nicht, auch fehlte ihr die Gabe, alle Fügungen des Lebens so klaglos hinzunehmen. Wahrscheinlich war diesmal etwas Wahres dran.
Wie zur Bekräftigung hielt in diesem Moment der dunkle Audi der

Kriminalpolizei vor ihrem Haus. Erleichtert nahm sie zur Kenntnis, dass Hauptkommissar Kremmel und Florian Wallner bei den Gschwenders läuteten. Mit Florian wollte sie jetzt am allerwenigsten sprechen!

„Mein Mann ist nicht da!", donnerte Hilde erschrocken, als sie den Beamten die Tür öffnete.
„Wir möchten nur kurz zwei Punkte abklären", sagte Kremmel ruhig.
Hilde sah erst rasch nach links und rechts die Straße entlang, bevor sie die beiden Männer ins Haus ließ.
„Also, was wollen Sie schon wieder von uns?", fragte Hilde gereizt und verschränkte die Arme unter ihrer Brust.
„Wir kommen gerade vom Gasthof Ettengruber. Dort haben wir einer weiblichen Angestellten das Foto der Toten gezeigt.
Wir haben herausgefunden, dass es sich bei der Toten um eine Tschechin namens Jana Mellnicék handelt. Sie hat im letzten Sommer tatsächlich beim Ettengruber gearbeitet und bei allen großen Festen bedient, also auch bei der Krönungsfeier des Schützenvereins. Ihre Familie ist doch Mitglied im Schützenverein, oder?" Kremmel sah Hilde eindringlich an.
„Ja, soll ich mich jetzt vielleicht an jede Bedienung erinnern?", fuhr Hilde ihn wütend an. „Außerdem war ich es doch, die Sie auf den Hinweis mit dem Wirt gebracht hat! Und auf dem Foto, da war die doch tot!"
„Ist Ihnen an ihr etwas aufgefallen?", fragte Kremmel unbeeindruckt.
„Was aufgefallen?"
„Na beispielsweise, ob sie mit jemandem gestritten oder aber geflirtet hat", warf Florian ein.
Hilde dachte angestrengt nach. Nur ein leises Schmatzen drang durch den großen Flur, während der Kater der Gschwenders aus dem Wassernapf trank.
„Also, mir ist nichts Besonderes aufgefallen. Die Mädel spaßen doch immer mit den Männern und für ein gutes Trinkgeld lassen die sich auch auf den Po tatschen", glaubte Hilde zu wissen.
„Woran ist die jetzt gestorben?"

„Vergiftung durch Pilze", sagte Kremmel knapp. „Frau Mellnicék ist Ihnen also nicht weiter in Erinnerung?"
„Ich sage doch, ich weiß nichts!" Hildes Stimme dröhnte laut durch den Flur. Ihre grauen Augen verengten sich wie bei einer Katze kurz vor einem Beutesprung. Der echte Kater verschwand blitzschnell durch die Katzenklappe in der Haustür.
„Wie kann man nur so dumm sein und Giftpilze essen?", keifte Hilde verächtlich.
„Wir möchten gerne Ihren Sohn Paul sprechen. Wann kommt er denn wieder nach Hause?", fragte Kremmel. Er zog ein Kräuterbonbon aus seiner Hosentasche und entwickelte es betont langsam. Florian kannte jedoch seinen Chef inzwischen so gut, dass er wusste, wie konzentriert Kremmel gerade Hilde Gschwender beobachtete und dass seine Aufmerksamkeit nur scheinbar auf das Bonbon gelenkt war.
„Am Wochenende, also in drei Tagen", sagte Hilde nun eigenartig sanft. „Was wollen Sie von ihm?"
„Nichts Schlimmes", sagte Kremmel unverbindlich lächelnd.
„Ach, und nachdem Sie doch so aktiv am Dorf- und Vereinsleben teilnehmen, bitte ich Sie, uns die Namen der Vereinsvorstände zu nennen. Wir könnten dann unsere Zeugenbefragung erheblich erweitern. Darf ich bis morgen mit den Daten rechnen? Sie haben ja unsere Telefonnummer. – Das wäre es schon für heute. Grüßen Sie Ihren Mann von uns!"
Hilde nickte und lächelte den Hauptkommissar an, doch ihr Blick war kalt wie eine Polarnacht.

Kaum hatten die Beamten die Haustür hinter sich geschlossen, eilte Hilde in die Küche, nahm das Telefon und wählte die Handynummer ihres Sohnes Paul.
„Paul? Ich bin's, Mama. Wo bist du gerade?", fragte sie wenige Sekunden später.
„Hallo, Mama. Was gibt es?", fragte er.
„Du musst heute oder morgen Abend heim kommen!"
„Warum? Ich komme am Wochenende. Wir feiern heute noch unseren Abschluss und ich …", begehrte Paul auf.

„Weil ich es sage!“, donnerte Hilde, um gleich darauf wieder sanft mit ihm zu sprechen. „Du weißt doch, dass es hier zwei tote Frauen gegeben hat. In unserem Wald! Hätten die sich nicht einen anderen Ort aussuchen können, ich …“
„Mama, was hat das mit mir zu tun?“, rief Paul.
„Schrei nicht so! Die Polizei schnüffelt immer bei uns und ich will mit dir reden. Also komm!“
Paul schwieg, atmete tief durch. „Also gut, dann bis morgen Abend.“

„Wohnt hier nicht deine Bekannte?“, fragte Kremmel, während er die Autotüre öffnete.
Florian nickte, sah zum Brandner-Haus hinüber und versuchte durch die Scheiben der Küchenfenster zu erkennen, ob sich Johanna dort aufhielt. Ihr Wagen parkte vor dem Haus, also war sie wahrscheinlich zu Hause. Er unterdrückte den Impuls, einfach an der Tür zu klopfen. Was sollte er auch sagen?
„Die Mutter deiner Bekannten scheint aktiv am Dorfleben teilzunehmen. Vielleicht sollten wir ihr das Foto auch mal zeigen.“ Kremmel drückte den Autoschlüssel, um die Türverriegelung zu aktivieren.
„Wie du meinst“, entgegnete Florian.

Johanna wollte sich gerade umziehen gehen. Bereits halb auf der Treppe, drehte sie wieder um, als es an der Tür läutete.

„Guten Abend, dürfen wir kurz hereinkommen?“, fragte Hauptkommissar Kremmel mit charmantem Lächeln, als Johanna öffnete.
„Natürlich“, sagte Johanna mechanisch, sah von Kremmel zu Florian und fühlte sich plötzlich etwas befangen. „Warum?“.
Sie hatten keinen Grund und es machte sie wütend, jetzt gestört zu werden, nach diesem ereignisreichen Nachmittag. Fast widerwillig öffnete sie die Haustüre so, dass die Beamten eintreten konnten.
Kremmel spürte den Unwillen, doch gerade das reizte ihn. Wieso waren in diesem Nest nur alle so ablehnend?
„Oma, wir haben Besuch!“, sagte Johanna, als sie die beiden Beamten in die Küche führte.

„Stellen Sie sich vor, meine Sophia hat sich ein Bein gebrochen!", erzählte Oma unvermittelt, kaum dass die Männer im Raum waren.
„Das tut mir leid!", sagten Kremmel und Florian fast gleichzeitig.
„Jetzt muss die Johanna sich weiter um mich kümmern. Gerade wollte sie für uns kochen. Möchten Sie mitessen?"
„Oma! Die Herrn möchten nur kurz etwas fragen", sagte Johanna und sah ihre Großmutter streng an. Sie fürchtete, dass Oma die Nachricht von Sophias Unfall mehr zugesetzt hatte, als sie zunächst angenommen hatte.
„Das ist wirklich ein freundliches und auch verlockendes Angebot!", sagte Kremmel und sah Florian kopfnickend an.
„Sehen Sie!", rief Oma. „Mein Hannerl kann gut kochen.
Der Mann, der sie mal heiratet, bekommt eine prima Köchin. Sowas ist heute nicht mehr selbstverständlich."
„Da könnten Sie recht haben", bestätigte Hauptkommissar Kremmel und lächelte Johanna an.
„Außerdem habe ich nicht mehr so viele Blähungen, seit mein Hannerl kocht. Also fast keine, jedenfalls ..."
„Oma!", unterbrach Johanna und strich nervös ihren Rock glatt.
Ihre Wangen brannten, als habe sie dort versehentlich eine durchblutungsfördernde Rheumasalbe aufgetragen.
Florian hüstelte leise, um gegen den aufsteigenden Lachreiz anzukämpfen.
Auch Kremmel konnte sich das Lachen nur schwer verkneifen.
„Lassen Sie mal gut sein", sagte er schließlich. „Danke für das Angebot! Wir wollten eigentlich mit Ihrer Tochter sprechen, weil sie viele Menschen im Dorf kennt. Aber das hat sich leider erübrigt."
„In der Zeitung stand, die zweite Tote ist eine Tschechin", sagte Oma. „Wisst ihr schon mehr über sie?"
„Wir sind gerade dabei, zu ermitteln. Sie hat beim Ettengruber gearbeitet", meldete sich nun auch Florian zu Wort.
Er stand direkt neben Johanna.
Ihre schlanke Gestalt wirkte im schwarzen Kostüm sehr sexy, mehr noch als im engen Sportdress. Die beiden oberen Knöpfe ihrer blassrosa Bluse waren geöffnet. Eine schmale Goldkette umschmiegte ihren zarten Hals.

Johanna fühlte seinen Blick. Sie drehte ihren Kopf und für Sekunden sah sie direkt in seine Augen. Die winzigen bernsteinfarbenen Punkte unterhalb der Pupillen hatten sie schon als Kind fasziniert. Für einen Moment fühlte sie eine Woge zärtlicher Zuneigung aufsteigen. Erinnerungen an unbeschwerte Kindheitstage mussten das sein. Was sonst? Schnell senkte sie wieder den Blick und wendete den Kopf ab. Hauptkommissar Kremmel und Hermine sahen sie milde lächelnd an.
Als hätte man sie am Weihnachtsabend beim Blick durch das Schlüsselloch ertappt, biss sich Johanna beschämt auf die Lippen.
„Ach, bleiben Sie doch zum Essen!“, sagte Oma mit verschmitztem Grinsen. „Dann erzähle ich Ihnen was vom Gasthaus Ettengruber. Haben Sie ein Foto der Toten dabei? Die Bilder in den Zeitungen sind immer zu schlecht für alte Augen.“
Kremmel räusperte sich. „Wenn mein junger, motivierter Kollege nichts dagegen hat, bleiben wir gerne. Ich esse alles, außer Pilzgerichte. Die sollte man wohl besser in dieser Gegend meiden“, sagte er und zwinkerte Johanna zu.
Florian spürte, dass sich Johanna überrumpelt fühlte.
„Eigentlich habe ich keinen Hunger“, log er deshalb.
„Es ist kein Problem“, versicherte Johanna, zog die Kostümjacke aus und band sich eine Schürze um. Als habe sie es voraus geahnt, hatte sie bereits gestern eine große Portion Kalbsgeschnetzeltes vorbereitet. Eigentlich hatte sie den Rest eingefrieren wollen, so reichte es nun auf jeden Fall für vier Personen. Sie hatte vorgehabt, frische Egerlinge dazu zu servieren, doch wegen Kremmels Bemerkung ließ sie nun die Zuchtpilze im Kühlschrank.

Während Oma davon erzählte, dass es den Landgasthof schon gegeben hatte, als sie noch ein kleines Mädchen war, schälte und schnitt Johanna gekochte Kartoffeln und bereitete eine Schüssel Salat zu.
„Kann ich dir helfen?“, fragte Florian plötzlich hinter ihr.
Ein wenig erschrocken drehte sich Johanna zu ihm um und sah ihn erstaunt an.
„Danke, ich komme schon klar“, sagte sie abweisend.
„Gehst du immer noch im Wald joggen?“, fragte er unvermittelt.

„Wieso? Sollte ich nicht?", entgegnete sie und ärgerte sich selbst über ihren schneidenden Tonfall.
„Die kenne ich!", rief Oma auf einmal laut.
Johanna und Florian drehten sich zu der alten Frau um, die am Tisch saß und aufgeregt mit dem Foto wedelte. „Ich habe ihr ein schönes Trinkgeld gegeben, weil sie sogar mit mir auf die Toilette gegangen ist. Eine höfliche, liebe Frau war das!"
„Oma, wann warst du denn beim Ettengruber?", fragte Johanna erstaunt und schob die Pfanne mit den Bratkartoffeln vom Herd.
„Im letzten Sommer mit der Senioren-Gruppe von der Caritas und dem Herrn Pfarrer", entgegnete Oma mit stolzem Gesichtsausdruck. „Es war an einem heißen Tag im Juli. Das weiß ich noch genau und dass es so laut war im Biergarten, weil eine Schulklasse dort ein Sommerfest feierte."
„Ich nehme an, das bringt die Herren nicht viel weiter", meinte Johanna.
„Vielleicht aber interessiert es die Polizei, dass die junge Frau heiraten wollte", sagte Oma und verschränkte die Arme. „Sie erzählte mir, dass ihr Bräutigam in der Tschechei auf sie warte, sie sich aber in einen anderen verliebt habe. Ihre Eltern seien schon verstorben und sie hätte gerne so eine Großmutter wie mich."
Oma sah alle der Reihe nach triumphierend an.
Als alle erstaunt und überrascht schwiegen, sagte sie: „Da seht ihr mal, was Frauen einander in zehn Minuten auf der Toilette so alles anvertrauen. Ich habe ihr auch noch meine Rubinbrosche geschenkt, als Glücksbringer." Nach kurzer Pause fügte sie trocken hinzu: „Offensichtlich hat das nicht so funktioniert. Das arme Mädchen!"
„Die Brosche von Großtante Liliane?", fragte Johanna erstaunt. „War die nicht recht wertvoll – ich meine zu wertvoll für diese Dienste?"
„Sie hat mir, einer Wildfremden, den Hintern abgewischt!"
Johannas Großmutter richtete sich in ihrem Stuhl auf. „Ich hatte ein wenig Blähungen an diesem Tag, vielleicht von der Aufregung oder dem kalten Bier. Und ich konnte weiß Gott darauf verzichten, mit dem jungen Zivi aufs Klo zu gehen. – Außerdem war die Brosche von meiner Schwägerin, die mir in meinem Leben so manche schwere Stunde beschert hat. Also, was sollte es? Die Tschechin hat

sich sehr gefreut und wollte das Geld und die Brosche gar nicht annehmen."

Hauptkommissar Kremmel hatte längst sein kleines schwarzes Notizbuch aus seiner Hemdtasche geholt und mitgeschrieben. „Schließlich hat sie Ihre Geschenke aber angenommen, ist das richtig?", fragte er und als Oma nickte, bat er: „Erklären Sie mir doch bitte genau, wie die Brosche aussah, Frau Brandner!"

Detailliert beschrieb darauf hin die alte Dame das ungeliebte Schmuckstück.

Florian sah Johanna an.

„Deine Oma ist wirklich gut drauf. Kein Wunder, wenn die Leute sagen, dass sie auch gerne so eine Oma hätten. Ich schließe mich dem übrigens an."

Johanna sah zu ihrer Großmutter hinüber und lächelte zärtlich.

„Das stimmt! Sie ist ein absolut liebenswerter Mensch und es ist irgendwie gut, dass ich jetzt bei ihr bin."

„Das denke ich auch", sagte Florian.

Johanna wollte ihm gerade die Salatschüssel in die Hand drücken.

„Wie ... wie meinst du das jetzt?", fragte sie irritiert.

„So, wie ich es sage", antwortete er unschuldig und freute sich darüber, ihrem abweisenden Panzer einen winzigen Riss verpasst zu haben. Er sah ihr Gesicht, diese Mischung aus Zorn und Verletztheit, genau wie an jenem Abend vor vielen Jahren.

Florian beschloss, bald mit ihr darüber zu reden. Er musste es aus der Welt schaffen. Vielleicht konnte sie dann wieder entspannter mit ihm sprechen.

„Drücken sich Kriminalbeamte normalerweise nicht präziser aus?", versetzte sie mit arrogantem Tonfall.

„Es riecht wirklich unwiderstehlich", sagte er und grinste Johanna an. „Und wenn ich mir vorstelle, dass es noch nicht einmal Blähungen verursacht – einfach perfekt!"

Vorsichtig löste er die getrockneten Pilzstücke vom Backpapier, das er auf einem Holzbrett ausgelegt hatte. Das große Schraubglas würde gar nicht ausreichen, um alle Stücke darin aufzubewahren.

Vergnügt pfiff er vor sich hin.

Ob in Flüssigkeit aufgekocht oder zu Pulver verrieben – an Nachschub des heimtückischen Gifts mangelte es ihm nicht.
Diese Gewissheit wischte seine Ängste so rasch fort wie ein kräftiger Frühlingssturm, der dunkle Regenwolken über den Horizont jagte.

Viele Spuren ins Nichts

Florian Wallner war auf dem Weg zum gerichtsmedizinischen Institut. Er hatte einen Anruf von Dr. Kay erhalten, dass nun der genaue Untersuchungsbericht vorlag.
Als Florian den kargen, weiß gefliesten Bereich der Gerichtsmedizin betrat, stieg ihm wie immer sofort der penetrante Geruch von Desinfektionsmitteln in die Nase. Daran hatte er sich mittlerweile gewöhnt. Nicht gewöhnen konnte er sich allerdings an das Geräusch von Knochensägen, von denen zum Glück gerade keine im Einsatz war. Es war ruhig, fast friedlich. Lediglich die Sohlen seiner Sneaker verursachten ein quietschendes Geräusch auf den frisch gereinigten Fliesen.
Florian klopfte an die Bürotür von Dr. Kay und öffnete sie vorsichtig.
„Herein, solange es kein Zombie ist!“, rief Dr. Kay und grinste Florian freundlich an. Die spärlichen grauen Haare des Mittfünfzigers standen zerzaust in alle Richtungen, fast so, als habe er gerade einen leichten Stromschlag erhalten.
„Bin nur ich, kein Zombie“, sagte Florian mit gequältem Lächeln. Den makaberen Humor von Dr. Kay fand er zuweilen übertrieben, aber er ahnte, dass es wohl eine Art Schutzwall war, um die tägliche Arbeit hier überstehen zu können.

Dr. Kay nahm einen dünnen roten Leitzordner vom Schreibtisch und hielt ihn Florian hin.
„Hier ist mein Abschlussbericht. Sobald ihr die Angehörigen ermittelt habt, können die Leichen überführt werden. Solange bleiben sie hier im Kühlfach. Aber beeilt euch! Die Kühlfächer sind keine letzte Ruhestätte“, sagte Dr. Kay.
„Da werden sie wohl noch eine Weile liegen. Es sieht schlecht aus mit Angehörigen, zumindest bei der jungen Frau, die wir zuerst gefunden haben.“, bedauerte Florian und nahm die Akte entgegen.
„Verstehe“, meinte Dr. Kay und öffnete die Knöpfe seines sauberen grünen OP-Kittels. „Trotzdem ist die Liegezeit begrenzt, aber das wisst ihr ja.“
„Was wollten Sie mir noch persönlich sagen?“, fragte Florian.
„Nun, ich will nur zum Ausdruck bringen, dass ich euch nicht be-

neide." Dr. Kay strich sich über seinen Haarschopf. „Es ist wirklich davon auszugehen, dass beide Frauen ermordet wurden, und zwar von jemandem, der genau wusste, wie das Gift eines Knollenblätterpilzes wirkt. Und die Opfer müssen ihn gekannt haben, denn es gibt keine Zeichen von Gewaltanwendung."

„Ich habe nie geglaubt, dass sie versehentlich ein Pilzgericht gegessen haben", bekräftigte Florian.
„Genau. Wäre dem so gewesen, hätten die Frauen zu einem früheren Zeitpunkt einen Arzt oder ein Krankenhaus aufgesucht und man hätte sie sehr wahrscheinlich retten können." Dr. Kay hob und senkte die Schultern. „Zwar enthält ein Knollenblätterpilz Alpha-Amanitin sowie das hochgiftige Phalloin", dozierte er, „aber hätten die Frauen nach dem Auftreten erster Beschwerden wie extremem Brechdurchfall und Bauchkrämpfen ärztliche Hilfe erhalten, hätten sie eine relative gute Chance gehabt."
„Relativ ist sehr relativ", bemerkte Florian und sah Dr. Kay an. „Wie lange dauert es, bis erste Vergiftungserscheinungen auftreten?"
„Sehen Sie, schon 50 Gramm Knollenblätterpilz reichen aus, um einen gesunden, kräftigen Erwachsenen zu töten! Wohlgemerkt vom rohen Pilz berechnet. Gekocht sind das drei bis vier Gabeln voll", erklärte Dr. Kay. „Das Heimtückische aber ist, dass das Gift erst nach Verlassen des Verdauungskanals in die Blutbahn übertritt. Von dort gelangt es erneut in den Darm und wird von der Leber gefiltert. Hier tritt dann die zerstörerische Wirkung ein, es kommt zu Leberversagen und das Herz-Kreislaufsystem bricht zusammen. Es dauert etwa zehn Stunden, bis erste Vergiftungserscheinungen auftreten. Nach einer ersten Durchfallphase kommt es für ein paar Stunden zu einer Besserung. Erst dann tritt die zweite, vernichtende Phase ein. – Der Täter hat also bewusst zugesehen, wie es dem Opfer schlecht ging und nicht gehandelt, sondern auf Zeit gesetzt und seelenruhig den Todeskampf betrachtet. Davon muss ich zumindest ausgehen."
Florian fröstelte. Er drehte die Akte in seiner Hand. „Woran stirbt das Opfer letztlich?", fragte er mit heiserer Stimme.
„Meist durch Leberversagen oder Kreislaufzusammenbruch infolge innerer Blutungen oder Herzlähmung. In unseren Fällen musste das

erste Opfer wohl länger leiden. Es starb durch starke Einblutungen in der Leber und des Dünndarms. Überhaupt waren alle klinischen Anzeichen für ein klassisches Coma hepaticum gegeben. – Das zweite Opfer hatte einen Herzklappenfehler, der die Lebensqualität im Allgemeinen wohl nicht weiter einschränkte, aber eine Herzlähmung beschleunigt herbeigeführt hat."
Dr. Kay hielt kurz inne und fixierte Florian, als wolle er sich vergewissern, dass dieser die Nachricht auch verkraften könne. „Übrigens erlebten beide Frauen dies sehr wahrscheinlich bei vollem Bewusstsein."

Florians Puls pochte gegen die Schädeldecke. Zuletzt hatte er diesen so heftig gespürt, als er im Wartezimmer seines Zahnarztes gesessen und auf eine Wurzelbehandlung gewartet hatte.
Diesmal war es nicht Furcht, sondern unbändige Wut, die in ihm heraufkroch wie die klamme Kälte eines Novembermorgens.
„Ich bin mir darüber im Klaren, dass es ein gefährlicher Täter ist. Ein subtil handelnder Gewalttäter ist schwieriger einzugrenzen als ein Schläger. Die haben ein klares Muster, ein Profil."
Florian sah Dr. Kay an, der wieder bedauernd die Schultern hob.
„Ab hier wird es leider euer Job sein. Aber ich denke auch, dass es ganz hilfreich wäre, einmal euren Psychologen zu befragen. Könnte gut sein, dass da jemand psychopatisch veranlagt ist", meinte der Gerichtsmediziner. „Übrigens hatte die erste Tote tatsächlich ein Pilzgericht gegessen. Bei der zweiten Toten konnte ich nur das Gift und die Folgen nachweisen. Das ist etwas untypisch, aber es ist vorstellbar, dass sie Pilzpulver verzehrt hat. – Beide Opfer zeigen übrigens keine Anzeichen von Verletzungen, auch ein sexueller Kontakt hat nicht stattgefunden. Allerdings ..."
„Sonstige Spuren?" Florian sah ihn fast flehend an. „... allerdings was?"
„Nun ja, es ist mehr ein Verdacht und der steht mir eigentlich nicht zu. Ich liefere Fakten, aber ... Die erste Tote war im Intimbereich gänzlich rasiert. Das ist heutzutage wohl nicht ungewöhnlich bei jungen Frauen. Habe ich mir sagen lassen." Dr. Kay grinste kurz, strich sich durch seine Haare, die wie elektrisiert noch mehr über den Ohren abstanden, fuhr dann konzentriert fort. „Aber es gibt Anzeichen, dass sie häufig Geschlechtsverkehr hatte und auch ungewöhnliche Praktiken

anwandte. Freiwillig oder nicht, wenn Sie verstehen was ich meine."
Florian Wallner nickte, fuhr sich fahrig über das Kinn.
„Eine Prostituierte also", murmelte er.
„Ehrlich gesagt, bin ich davon überzeugt", bestätigte Dr. Kay. „Und in ihrem Blut zeigte sich eine deutliche Erhöhung und krankhafte Veränderung von weißen Blutkörperchen. Man könnte sagen, eine Art Vorstufe von Blutkrebs, wie es typischerweise nach atomarer Vergiftung vorkommt. Gut möglich, dass die Tote aus der Ukraine stammt. Ihr Knochenbau im Schädelbereich spricht auch für eine baltische Herkunft." Dr. Kay blickte sich suchend um. „Der Täter ist nicht dumm und hat nicht in Eile gearbeitet. Wie ihr in meinem Bericht seht, hat er Lederhandschuhe getragen und seine Schuhe mit Kartoffelsäcken überzogen. – Und ich bin mir sicher, dass er wieder zuschlägt. Bleibt zu hoffen, dass er irgendwann unvorsichtig wird." Er nickte zuversichtlich.
„Eigentlich möchte ich um jeden Preis verhindern, dass er wieder zuschlägt", rief Florian. Seine Stimme hallte dumpf durch das karg möblierte Büro.
„Das sehe ich auch so", murmelte Dr. Kay und nahm seine Armbanduhr aus einer Schreibtischschublade.
„Eine letzte Frage noch", warf Florian ein. „Verliert sich die Wirkung des Giftes bei der Lagerung oder beim Kochen?"
Dr. Kay schüttelte den Kopf. „Da muss ich Sie enttäuschen. Leider nein! Aber nun nehmen Sie mal die Unterlagen mit, vielleicht stoßen Sie noch auf Hinweise. Sie können mich jederzeit anrufen."

Als Florian nach Dienstende die Tür zu seiner kleinen Zwei-Zimmer-Wohnung aufschloss, klingelte das Telefon. Er hastete durch den engen Flur, stolperte über seine Sporttasche und griff nach dem Hörer.
„Hi, Florian bist du es? Habe ich dich beim Hanteltraining gestört? Oder etwa mit einer flotten Blondine?", dröhnte eine Stimme am anderen Ende der Leitung.
„Moritz, du hast es erfasst", brummte Florian und rieb sich den linken Knöchel. „Es sind allerdings zwei Blondinen."
„Klar, Alter! Dann verstehe ich auch, wieso du so röchelst. Wahr-

scheinlich hast du dann gar keinen Bedarf, morgen Abend zu einer Grillfeier zu kommen."

„Wieso nicht, ich bin gut im Training", sagte Florian. „Wo findet die Feier statt?"

„Am Karpfenteich – dem Karpfenteich, du weißt schon", erklärte Moritz. „Du kommst also?"

Florian überlegte kurz. „Überzeugt, ich bin dabei. Soll ich was mitbringen?"

„Die Blondinen!"

„Fürchte, das wird nichts", grinste Florian und stellte sich dabei das enttäuschte Gesicht seines Freundes vor, den er seit der Polizeiakademie kannte und der Mitglied der Freiwilligen Feuerwehr in seinem Heimatdorf war.

„Wenn das so ist, bring doch was zu trinken mit!", sagte Moritz.

Als Florian das Gespräch beendet hatte, öffnete er sein Balkonfenster und ließ sich erschöpft in einen Sessel sinken.

Er freute sich auf das Seefest. Aber in ihm war auch eine wachsende Unruhe. Der Pilzmörder hatte kaum Spuren und nur den Ansatz eines Profils hinterlassen. Eifersucht, Hass, die Lust am Morden – alles war möglich. Und nichts davon war ihm ins Gesicht geschrieben. Es konnte also jeder sein, auch ein Gast, der morgen am See mitfeierte. Und dort konnte er auch sein nächstes Opfer treffen.

„Du kommst spät, wo warst du so lange?", fragte Hilde, als Paul in die Küche trat. Hektisch schob sie ein Backblech mit zum Trocknen aufgeschnittenen Pilzen in den lauwarmen Ofen.

„Ich hatte zu tun", brummte er. „Hier ist meine Schmutzwäsche."

Er warf seine Reisetasche neben die Tür zur Kammer, in der die Waschmaschine stand.

„Hau nicht so rum!", herrschte ihn Max an, der am Küchentisch saß und über der Tageszeitung ein wenig eingenickt war.

„Entschuldigung!" Paul atmete hörbar ein. Unter seinen blauen Augen zogen sich dunkle Ringe. Mit einer müden Geste fuhr er sich durch die blonden Haare. „Ich kann ja wieder gehen!"

„Nix da, jetzt bleibst' da!", dröhnte Max. „Wird Zeit, dass deine Schule endlich um ist. Hier wird jeder Mann gebraucht. – Und wie schaust überhaupt aus? Geh' zum Friseur."

„Max!", rief Hilde und starrte ihren Mann herrisch an. „Siehst' nicht, wie blass der Bub ist. Lass ihn in Ruhe!"

Max duckte sich kaum merklich.

Hilde sah es trotzdem, nahm es mit einem zufriedenen Lächeln zur Kenntnis und wandte sich an ihren Sohn. „Magst' noch etwas essen? Du hast doch bestimmt Hunger."

Ihre Stimme klang so weich, als spräche sie zu einem kleinen Kind, das zu Bett gebracht wird.

„Nein, danke. Ich bleibe über Nacht und morgen fahre ich noch mal zur Akademie. Es ist der letzte Tag, es gibt Zeugnisse." Paul wandte seinen Kopf zur Seite, wo sein Vater saß.

„Ich bin übrigens Klassenbester."

„Ja so was!", flötete Hilde. „Ach Paul, das freut mich jetzt aber."

Max schwieg und faltete die Zeitung zusammen. „Du hilfst mir morgen noch! Die Dreschmaschine hat Zündprobleme. Dann kannst meinetwegen wieder fahren", kommentierte Max.

Hilde drängte Paul sanft zum Küchentisch und setzte sich selbst.

„Sag mal", begann sie, „kennst du eine von den Mädchen beim Ettengruber?" Sie sah ihren Sohn eindringlich an. Ihre Augenlider bildeten dabei zwei schmale Schlitze.

Paul blickte ausdruckslos. „Hat er Töchter? Das wusste ich gar nicht", antwortete er harmlos.

„Du weißt, dass ich die Bedienungen meine. Eine von denen hat nämlich Knollenblätterpilze gegessen und wurde ausgerechnet in unserem Wald gefunden", sagte Hilde mit schriller Stimme. „Also, kennst du jetzt eine von denen oder nicht?"

„Nein!", sagte Paul leise, mit unterdrückter Aggression. „Wie kommst du darauf?"

„Weil die Mordkommission dauernd nach dir fragt! Stell dir vor, der Florian Wallner ist einer von denen." Sie hob mit einer verächtlichen Geste den Kopf.

„War es das, was du mich fragen wolltest?", wollte Paul wissen.

„Deswegen bin ich hierher gefahren?"

Max donnerte seine wuchtige Faust auf den Küchentisch.

Erschrocken drehten Hilde und Paul die Köpfe in seine Richtung.
„Sakrament!", fluchte Max. „Du wirst doch zu deinen Eltern fahren können, wenn wir uns Sorgen machen. Schließlich erbst' mal den größten Hof weit und breit!"
Paul starrte seinen Vater mit ängstlich aufgerissenen Augen an.
„Ja, Vater." Und zu Hilde gewandt, fragte er: „Wieso macht ihr euch Sorgen?"
Hilde faltete ihre Hände, entfernte dann ein Brösel vom Tisch und faltete erneut die Hände. „Du hast so gelitten, als dich die Lisa verlassen hat. Und bei der Schützenfeier warst du ein wenig angetrunken und hast mit vielen Mädchen geflirtet."
Paul stand ruckartig auf. „Ist das vielleicht verboten?"
„Nein!", rief Hilde. „Aber du weißt doch wie die Leut' reden. Und weil's so neidisch sind, verdächtigen die unsereins doch mit Fleiß!"
Paul war schon fast an der Tür, als er sich noch einmal umdrehte und seine Mutter fragte: „Was ist das eigentlich für ein Münchner Auto, dass drüben beim Brandner Hof steht?"
„Die Johanna ist gerade zu Besuch. Sie pflegt die alte Brandnerin. – Sag, magst' wirklich nichts essen?"
„Gute Nacht!", murmelte Paul und schloss die Küchentür leise hinter sich.

„Kannst du mir bitte was von dem Schokoladenkuchen abschneiden?", fragte ein sommersprossiges Mädchen neben Johanna.
„Von dem mit den Smarties oder von dem mit den Gummibärchen?", hakte Johanna nach und lächelte das Mädchen an.
„Na, von dem mit den Smarties!" Das Mädchen warf ihr einen vorwurfsvollen Blick zu. „Den hat meine Mama gemacht, weißt du!"
„Natürlich, ich finde, es ist der schönste Kuchen hier", beeilte sich Johanna zu sagen und schnitt eine Scheibe ab. „Hier bitte!"
„Danke. Welche Mama bist du denn?", fragte die Kleine und biss in ihr Kuchenstück.
„Gar keine, ich bin nur zu Besuch hier", erklärte Johanna lächelnd.
„Meine Mama sitzt da drüben, bei meinem Lehrer", erklärte das Mädchen und zeigte auf einen Tisch unter einer Linde.
„Dann ist dein Lehrer der Herr Buchner", murmelte Johanna.

„Ja, der ist total lieb. Und alle Mamis mögen ihn. Aber heiraten kann ihn keine mehr, weil ja alle Mamis schon verheiratet sind". Das Mädchen schleckte sich die Finger ab. „Bist du schon verheiratet?"
„Nein", sagte Johanna und sah sich hilfesuchend nach Lena um, die nur kurz mit Lilly auf die Toilette hatte gehen wollen.
„Wenn ich mal groß bin, heirate ich Herrn Buchner", erklärte das Mädchen. „Und jetzt muss ich gehen."
„Mach's gut", sagte Johanna und nahm sich selbst eine Portion Salat vom Buffet.
Unschlüssig stand sie mit ihrem Teller herum. Wo sollte sie sich hinsetzen? Obwohl der Garten im Landgasthof voller junger Familien wimmelte, kannte Johanna auf den ersten Blick niemanden. Sie war eben doch zu lange weg gewesen und viele ihrer Klassenkameraden lebten längst nicht mehr hier.
„Sind Sie nicht Frau Brandner?", erkundigte sich in diesem Moment eine männliche Stimme neben ihr.
Johanna drehte sich um. Herr Buchner stand neben ihr und lachte sie freundlich an. Er sah ihr dabei sogar direkt in die Augen!
„Ja – ach, Herr Buchner. Gerade hat mir eine Ihrer Schülerinnen von Ihnen erzählt", sagte Johanna.
Herr Buchner griff nach einer Serviette und einem unbenutzten Teller. „Oh, ich hoffe, es war etwas Positives", raunte er.
„So könnte man sagen. Immerhin möchte sie Sie mal heiraten!"
Johanna fixierte sein Gesicht. Er lächelte und es war ein entspanntes Lächeln ohne einen Hauch von Selbstgefälligkeit.
„Das freut mich wirklich. Aber offen gestanden möchte ich nicht mehr so lange warten!" Er sah sie kurz an, hob keck die Augenbrauen und sah schnell wieder zum Buffet, als gelte es, sich noch einen letzten Happen Essbares zu sichern. War er wirklich so schüchtern? Oder war das seine Masche, um sich gar zu aufdringliche Frauen vom Hals zu halten? Immerhin, an Möglichkeiten mangelte es ihm sicher nicht. Vielleicht wollte er auch an den weiblichen Beschützerinstinkt appellieren?
„Da bist du ja!", rief Lena plötzlich hinter Johanna. „Komm mit an unseren Tisch. Leanders Klassenlehrer habe ich dir ja schon vorgestellt."

Johanna balancierte ihren Teller durch den Biergarten. Kinder aller Altersgruppen wuselten um sie herum und sie musste aufpassen, dass es keinen unerwünschten Zusammenstoß gab.
Am Tisch angekommen bemerkte sie, dass sie doch ein paar Tröpfchen Balsamessig auf ihr azurblaues Leinenkleid geträufelt hatte.
„Das geht mit Sil wieder raus, keine Panik!", sagte eine Frau mit rotblonder Kurzhaarfrisur, die einen schlafenden Säugling im Arm hielt. Sie lächelte nachsichtig und fügte patent hinzu: „Solche Fleckchen können mich nicht mehr aus der Ruhe bringen."

Johanna hätte es nicht gewundert, wenn Sil-Woman aus irgendeiner Tasche blitzschnell eine Flasche hervorgezaubert hätte.
„Ich nehme nur Gallseife", mischte sich Sil-Womans Nachbarin ein, noch bevor sie sich gesetzt hatte. Die Gallseifenverwenderin hatte kurze schwarze Locken und war im Gesicht so blass, als reinigte sie ihre Haut dort auch mehrmals täglich mit der Fleckenseife.
„Darf ich vorstellen: Johanna Brandner, wir sind seit unserer Kindheit Freundinnen", erklärte Lena.
Viele Augenpaare richteten sich auf Johanna und es war zunächst erstaunlich still. Wie auf Kommando wurde sie daraufhin aber mit vielen Fragen zugleich bestürmt.
Lilly rettete sie, denn die Dreijährige hatte die Unaufmerksamkeit ihrer Mutter genutzt und ausprobiert, ob sich Mozzarella in den Händen wie Knete anfühlt. Offensichtlich nicht, sie brüllte enttäuscht los.
„Oh nein, wie siehst du denn aus?", rief Lena genervt.
„Also Lennart spielt nie mit Essen!", entrüstete sich eine hoch gewachsene Brünette. Ihr Sprössling saß neben ihr, seine runden Wangen glühten.
„Klar!", lachte Sil-Woman gekünstelt. „Er isst es, bevor er damit auch nur ansatzweise spielen könnte. Aber sag' mal, hat Lennart Fieber oder so?"
„Ach, er hat sich vorhin nur kurz übergeben", winkte Lennart-Mama ab. Abrupt verstummten die umliegenden Gespräche, wie durch ein Funksignal blockiert. „Lennart hat zuviel Eis gegessen", fügte die Mutter beschwichtigend hinzu.
„Hoffentlich ist es nur das, meine Liebe!", versetzte Lena spitz, während sie der brüllenden Lilly die Hände säuberte. „Dein Lennart hat

sich heute nämlich schon ein paar Mal aus Lillys Trinkflasche bedient."
Die Brünette warf Lena einen giftigen Blick zu.
„Momentan geht ein Magen-Darm-Virus herum", sagte Herr Buchner ruhig.
Erst jetzt bemerkte Johanna, dass er schon die ganze Zeit neben ihr gesessen hatte! Erstaunt über ihre eigene Unaufmerksamkeit, starrte sie ihn an.
„Ja, wirklich", interpretierte er ihren Blick falsch. „Zum Glück hat mich der Kontakt mit den vielen Kindern längst abgehärtet. Und falls ich doch mal einen Anflug spüre, nehme ich ein Mittel, dessen Rezept noch von meiner Großmutter stammt."
Er lächelte Johanna freundlich an, wie ein Apotheker, der ein Produkt empfiehlt.
„Und was wäre das?", rief die Mutter, die vorhin die Gallseife angepriesen hatte.
„Ein wässriger Auszug aus Kamillenblüten, Pfefferminzblättern und kolloidalem Silber. Ich lasse es in der Apotheke mischen, es hält sich für ein Jahr und selbst Kinder können es einnehmen", erklärte Herr Buchner. „Unser Apotheker verkauft es auch Ihnen."
„Silber? Ist das nicht giftig für Kinder?", rief Sil-Woman erstaunt.
Herr Buchner lächelte. „Nein, nicht in dieser Dosis. Silber ist übrigens schon in der Antike gegen diverse Krankheiten eingesetzt worden."
„Oh, danke für diesen Tipp!" Gallseifen-Mama lachte ihn dankbar an. „Ich freue mich immer über Rezepte aus der Naturheilkunde. Haben Sie denn davon noch mehr?" Sie kicherte erwartungsvoll und ihre Wangen zeigten jetzt tatsächlich einen Hauch von Rosa.

Johanna versuchte sich auf ihren Teller zu konzentrieren. Auf keinen Fall wollte sie sich wieder vollsabbern und die Plastikgabel ließ sich nur widerwillig in die Salatblätter bohren. Eigentlich hatte sie keinen Hunger und angesichts der Virusprognose auch wenig Appetit, doch es wäre peinlich und verschwenderisch gewesen, die liebevoll zubereiteten Speisen auf dem Teller liegen zu lassen.

„Entspannend, so ein Nachmittag unter Müttern, nicht wahr?", raunte ihr Lena zu. „Soft wie Babyschwimmen – im Piranha-Becken."

„Wie alt sind eigentlich Ihre Kinder?", fragte Sil-Woman zuckersüß. Dabei lächelte sie lauernd, als wüsste sie die Antwort bereits genau.
„Ich habe noch keine Kinder", gab Johanna Auskunft und seufzte leise, erleichtert darüber, endlich vor einem leeren Teller zu sitzen.
„Das wird bestimmt noch!", munterte die Gallseife auf. Offensichtlich hatte sie das Seufzen falsch verstanden.
„Bei der Hitze hat man wenig Appetit, nicht wahr?", sagte Herr Buchner leise und so nah, dass Johanna die Wärme seines Atems wie einen zarten Hauch über ihren Hals streichen fühlte. Ihre Blicke kreuzten sich. Wie gut er aussah, unverschämt gut!
„Herr Buchner, kommen Sie mit zum Sackhüpfen, biiiitte!", drängelte das sommersprossige Mädchen vom Kuchenbuffet plötzlich hinter ihnen.
Täuschte sich Johanna oder hatte sie gerade im Augenwinkel beobachtet, wie deren Mutter, die Gallseife, ihrer Tochter einen kleinen, auffordernden Rippenstoß gegeben hatte?
„Gerne, solange ich nicht als Sack herhalten muss!", sagte Herr Buchner und grinste.
Schallendes Gelächter wogte den Tisch entlang.
Sieh an, dachte Johanna, witzig ist Herr Superlehrer also auch!

Gabi Leinert trat wie immer ohne Anklopfen in Florians Büro. Sie lächelte, als sie erkannte, dass er alleine war.
„Hier ist der Bericht von der Spurensicherung", sagte sie und reichte ihm eine hellbraune Mappe.
„Danke, Gabi", murmelte Florian ohne aufzusehen.
Sie legte die Mappe nicht auf den Schreibtisch und zwang ihn dazu, das Lesen an einem anderen Bericht zu unterbrechen.
„Ist noch etwas?", fragte er leicht gereizt.
„Ja", antwortete sie gedehnt und beugte sich weiter als notwendig vor, um die Mappe auf den Schreibtisch zu legen. Ein goldener Anhänger in Sternform baumelte über dem tiefen, v-förmigen Ausschnitt ihres T-Shirts. „Eine Frau Gschwender hat angerufen und mir einige Namen und Telefonnummern genannt. Ich habe sie notiert." Erneut beugte sie sich vor und überreichte ein Notizblatt.

Florian zwang sich, in ihr Gesicht zu sehen, obwohl es schwer war, den liebreizenden Ausschnitt und den Ansatz wohlgeformter Brüste, die in einem cremefarbenen, mit Spitzen verzierten BH zu stecken schienen, zu übersehen.

„Gut, Gabi", sagte er mit fester Stimme. „Bitte rufe alle an und lade sie zu einer Zeugenbefragung ein!" Er überlegte kurz. „Sagen wir in zwei Tagen in einem Nebenraum bei Ettengruber. Das sollte für alle machbar sein, am besten am frühen Abend. – Reservier entsprechend einen Raum beim Wirt! Danke."

Florian wandte sich wieder seinem Schriftstück zu.

Gabi wartete einen Moment, legte die Mappe auf den Schreibtisch und ging zur Tür.

„Ist in Ordnung!", sagte sie, öffnete die Tür und warf sie lauter als nötig in den Türrahmen.

Kurz darauf erschien Hauptkommissar Kremmel.

„Was hast du denn mit Gabi gemacht?", fragte er mit ironischem Lächeln.

Florian sah erneut von seiner Arbeit hoch und legte die Stirn in Falten. „Wieso?", fragte er erstaunt.

„Na, ich hatte den Eindruck, dass sie ziemlich wütend aus unserem Büro kam. Kann mich aber auch getäuscht haben", meinte Kremmel.

Florian ging gar nicht auf seine Ausführungen ein.

„In dem Bericht steht, dass auf dem Mantel der Toten noch Reste von Mottenkugeln zu finden waren. Was soll uns das jetzt sagen?"

„Na, dass sie ihn in einem Schrank aufbewahrt hat, in dem sich Mottenkugeln befanden", kombinierte Kremmel.

Florian zog die Augenbrauen hoch. „Wir haben die Namen der Vereinsvorstände und ich habe Gabi gebeten, für Übermorgen eine Zeugenbefragung zu organisieren. Außerdem entnehme ich gerade dem Untersuchungsbericht, dass die Spurensicherung am Fundort von Janas Leiche nur Reifenprofile sicherstellen konnte, die zu den Fahrzeugen der Forstarbeiter gehören. Auch die Abdrücke der Schuhsohlen gehören zu Arbeitsstiefeln, die Waldarbeiter benutzen." Florian sah Kremmel an. „Sollen wir die Waldarbeiter ebenfalls vorladen?"

Kremmel ließ sich auf seinen Bürostuhl sinken. Er biss sich auf die

Lippen, fuhr sich mit den Händen durchs Haar und verschränkte schließlich seine Hände im Nacken. Dann nickte er.
„Ja, mach' das!", ordnete er an. „Ich verspreche mir zwar nicht viel davon, aber wir dürfen nichts übersehen. Gabi soll sofort beim Forstamt anrufen und die Arbeiter, die zuletzt in diesem Bereich tätig waren, vorladen. Am besten am gleichen Abend wie die Vereinsleute."
Er nickte Florian nochmals zu. Dann erhob er sich und ging zum Fenster. Dort atmete er tief ein.
„Wir haben übrigens noch ein Problem", begann Kremmel mit düsterem Gesichtsausdruck. „Staatsanwalt Reichlin hat mir gerade unmissverständlich nahe gebracht, dass wir uns mit den Ermittlungen beeilen sollten."
Florian stand ebenfalls vom Schreibtisch auf und trat zu seinem Chef ans geöffnete Fenster. „Wie meinst du das genau?", wollte er wissen.
Kremmel schnaubte verächtlich. „Zu wenig Anhaltspunkte und zwei weibliche Leichen in einem Gebiet, das vom Tourismus belebt wird. Reichlin meinte wörtlich, dass es der Tourismusstruktur schaden würde. Namhafte Hotel- und Restaurantbetreiber haben sich bereits beschwert, dass die Gäste keine Pilzgerichte mehr verzehren und nachfragen, welche Waldwege sicher seien."
„Soso, die Gäste", sagte Florian mit spitzem Unterton. „Und wie beurteilt Reichlin die Sicherheit der einheimischen Frauen?"
Er sah Kremmel herausfordernd an und bemerkte dabei wie ungewöhnlich erschöpft sein Chef in diesem Moment aussah. Unter der braungebrannten Haut wirkte er eigenartig blass.
„Da liegt für mich der Hund begraben", brummte Kremmel. „Reichlin hat vor kurzem eine sehr junge Frau geheiratet. Soviel ich weiß, eine Tschechin aus gutem Hause. Und er wohnt nur fünf Kilometer vom Waldstück entfernt, in dem wir Jana gefunden haben. Kein Wunder also, dass er persönliches Interesse zeigt, dass wir so schnell wie möglich den Mörder fassen."

Am nächsten Morgen machte sich Johanna auf den Weg zu ihrer Mutter. Sie packte Oma vorsichtig ins Auto und fuhr betont langsam über die kurvigen Landstraßen.

„Kriechst du extra wegen mir so oder hat dein Auto nicht mehr Kraft unter der Motorhaube?", fragte Oma mit kritischem Blick auf den Tacho.
„Oma! Ich fahre so, damit dich nichts beunruhigt", erklärte Johanna erstaunt, ohne den Blick von der Straße zu nehmen.
„Also, deine Großmutter hält schon was aus. Langweiliges Gezockel regt mich viel mehr auf!", brummte sie entrüstet. „Und sag nicht immer so vorwurfsvoll ‚Oma!' zu mir! Du bist doch eine junge Frau und keine von diesen Moral-Tanten!"
Johanna musste schlucken und umklammerte das Lenkrad fester. Die restliche Fahrt zur Klinik schwieg sie schmollend. Ihre Laune war ohnehin nicht die Beste. Nicht genug, dass sie in eine Klinik musste. Allein der Geruch und die Atmosphäre dort würden ihr wieder diese unterschwellige Übelkeit bescheren. Auch wusste sie nicht, wie vital ihre Mutter inzwischen war. Und Lenas eindringliche Bitte, sie heute Abend zu irgendeinem Sommerfest am Karpfenweiher zu begleiten, beschäftigte sie auch noch.
„Ach, komm mit! Ich hole dich ab!", hatte sie zum Abschied vor dem Biergarten gebettelt wie ein Kleinkind an der Supermarktkasse. „Der Buchner ist auch dort, ich weiß es von Hans, und ich bin mir sicher, du gefällst ihm."
„Fragst du mich mal, ob er mir gefällt?", hatte Johanna zickig gefaucht. „Von Männern habe ich erst mal genug. – Aber schön, ich überlege es mir", hatte sie doch noch eingelenkt.
„Pass auf!", riss Omas Stimme sie aus den Erinnerungen. Ein Fahrradfahrer bog, ohne sich umzusehen, nach links ab.
Johanna bremste scharf und hupte länger als nötig. Auf dem Besucherparkplatz waren fast alle Parkplätze belegt. Nur ganz hinten, weit entfernt vom Eingang, gab es Plätze. Oma zückte ihren Schwerbehindertenausweis. „Suche einen Behindertenparkplatz!", forderte sie Johanna auf und wedelte grinsend mit dem Dokument in der Hand, als hätte sie einen Lottoschein mit 6 Richtigen. Als die beiden endlich Sophias Station gefunden hatten, seufzte Oma erleichtert. Das Unternehmen strengte sie doch an.

Dafür saß Sophia mit rosigen Wangen im Klinikbett. Johanna merkte rasch, wie sehr sich ihre Mutter über den Besuch freute. In ihren Augen war ein Leuchten, als hätte sie soeben lange einen

Sternenhimmel betrachtet.
Oma setzte sich sofort. „Wie lange wollen sie dich hier behalten?“, fragte sie.
„Etwa eine Woche“, antwortete Sophia und deutete auf einen zweiten Stuhl. Das Nachbarbett war unbenutzt. „Dann muss ich zur Reha“, ergänzte sie heiter, als handele es sich dabei um eine 5-Sterne-Kreuzfahrt. „Wahrscheinlich für drei bis vier Wochen.“
Oma und Johanna schwiegen betroffen.
„Es tut mir leid“, fügte Sophia schnell hinzu. „Ich weiß, dass es für euch nicht gerade leicht ist.“
„Schon gut, du kannst ja nichts dafür“, beeilte sich Johanna zu sagen. „Hast du Schmerzen? Und wie ist es überhaupt passiert?“
„Das kann ich dir nicht wirklich erklären, mein Kind! Horst meinte, ich solle keine Schuld bei mir suchen. Es musste einfach passieren.“ Sophia hob die Schultern. „Tatsache ist, dass ich im Schwimmbad plötzlich ausrutschte und so unglücklich stürzte, dass Schien- und Wadenbein brachen.“
Johanna sah ihre Mutter an, als spräche sie Chinesisch. Etwas an Sophias Ausführungen hatte sie irritiert.
„Mama, wer bitte ist Horst?“, fragte sie und bemühte sich um ein entspanntes Lächeln. Hinter ihrer rechten Schläfe streckte sich ein kleiner Kobold. Bestimmt würde er bald zu seiner Spitzhacke greifen.
Sophia lächelte beseelt. „Ein sehr netter Herr, der mir gleich nach dem unglücklichen Sturz geholfen hat. Er war wie ich in der Klinik. – Stellt euch vor, er hat auch Diabetes und ist seit fünf Jahren Witwer.“
Der Kobold kicherte und schon rammte er seine Spitzhacke fröhlich pfeifend in die nächstliegende Gehirnwindung oberhalb der rechten Schläfe.
In einer anderen Ecke des Großhirns leuchteten zwei Alarmlampen auf.
Befehl 1: Tablette einwerfen und Kobold in Tiefschlaf legen!
Befehl 2: Mama vor Heiratsschwindler retten!
„Mama, was ist das für ein Mann?“, fragte Johanna und versuchte erst gar nicht, die Panik in ihrer Stimme zu verbergen. „Du kennst ihn gar nicht und du weißt doch, wer sich so alles als Witwer ausgibt. – Und daheim warten dann Frau und Kinder!“ Sie wühlte nervös in ihrer Handtasche nach ihrem kleinen Kosmetikbeutel. „Kann ich bitte ein Glas Wasser haben?“

„Direkt vor dir steht eines", sagte Sophia milde. „Und ein bisschen Menschenkenntnis darfst du deiner Mutter schon zutrauen!"
Auf einmal lachte Oma herzhaft auf. Sie saß so fröhlich in ihrem Stuhl wie ein Kind, das seine Lieblingssendung ansehen darf, und ihre Wangen hatten wieder einen rosigen Schimmer.
„Sophia, ich glaube, du hast unser Hannerl zu streng erzogen. Wäre sie auf eine Klosterschule gegangen, könnte sie nicht trockener sein!"
Johanna schluckte ihre Tablette und setzte das leere Glas hart auf dem Beistelltisch ab.
„Ich glaube auch, dass du momentan alles zu verkrampft siehst, Johanna." Sophia nahm die Hand ihrer Tochter. „Sicher ist das alles ein bisschen viel für dich und das tut mir auch Leid. Aber vertraue den anderen Menschen ruhig mal! Hast du dich eigentlich schon mal gefragt, wie es mir in den letzten Jahren so ging? Ich hatte es auch nicht leicht".
„Es ist o. k., Mama!" Johanna zog die Hand zurück. „Ich möchte nur nicht, dass du enttäuscht wirst und auf so einen aufgeblasenen Kurtypen hereinfällst."
Sophias Lächeln erstarrte wie eine Schönheitsmaske, die versehentlich zu lange aufgetragen war.
„Wenn du mich in der Reha-Klinik mal besuchst, wirst du ihn vielleicht kennen lernen. Er stammt aus Zwiesel und will täglich nach mir sehen."
Sophias Gesicht strahlte schon wieder. Dann unterhielt sie sich eine Weile mit Großmutter.
Johanna schloss die Augen. Die vertrauten Stimmen beruhigten sie. Durch das geöffnete Fenster drang der Duft von frisch gemähtem Gras. Der Kobold torkelte betäubt, fiel um und schlief augenblicklich ein. Ein warmes Prickeln breitete sich über Johannas Wangenknochen. Ihr Herzschlag beschleunigte sich und auf einmal freute sie sich für ihre Mutter. Und sie freute sich auch auf den Sommerabend am Karpfenweiher. So sehr, dass es in ihrem Magen zu blubbern begann.

„Ich kann nicht mitkommen!" Lenas Stimme am anderen Ende der Leitung klang gedämpft. Im Hintergrund heulte ein Kind herzzerreißend. „Lilly übergibt sich seit einer Stunde im 10-Minuten-Takt. Ich komme nicht mehr mit dem Aufwischen nach."

„Das tut mir leid“, sagte Johanna. „Für die kleine Maus und weil du nicht mit aufs Fest kommst.“
„Heißt das, du gehst alleine?“
Johanna strich mit dem Finger gedankenverloren über eine Tomate. Der Salat für die Seeparty war fast fertig.
„Das frage ich mich gerade, denn eigentlich kenne ich niemanden“, seufzte sie.
„Bringst du wenigstens den Salat vorbei?“, bat Lena. „Hans wird hinfahren, weil seine Feuerwehrkameraden auch dort sind. Und jeder Buffetbeitrag wird gebraucht.“
„Ja, das mache ich. Ehrlich gesagt bin ich ein bisschen neugierig“, versprach Johanna.
„Oh nein!“, schrie Lena ins Telefon. „Lilly hat sich schon wieder übergeben – diesmal aufs Sofa! Ich muss … Tschüss, Hanna!“
Die Verbindung wurde abrupt unterbrochen.

Längst vergessen

Der Weg zum Karpfenweiher schlängelte sich durch einen lichten Kiefernwald, führte an saftigen Wiesen vorbei und schließlich durch einen Buchenhain. An dessen Ende öffnete sich das dichte Blätterdach und die goldene Abendsonne spiegelte sich in drei kleinen Moorseen, die von Birken gesäumt wurden.
Der letzte und zugleich größte in der Reihe mit einem schmalen Holzsteg bis fast zur Mitte des Teichs war der Karpfenweiher.
Hier hatte Johanna im Sommer mit ihren Freundinnen gebadet, hier hatten sie einander ihre Schwärmereien, aber auch ihren Liebeskummer anvertraut. Und hier war sie zum ersten Mal geküsst worden.

Johanna parkte ihren Wagen am Rand der schmalen Straße und hob vorsichtig die Salatschüssel und das Schüsselchen mit dem Dressing aus dem Korb im Kofferraum. Hinter ihr parkte ein PKW der Freiwilligen Feuerwehr. Der Fahrer stieg schnell aus.

„Hallo Johanna!", rief Hans. „Dachte ich's mir doch, dass du es bist. Wer sollte sich sonst mit Münchner Kennzeichen hierher verirren, außer jemand, der diesen wunderbaren Fleck kennt."
Hans drückte Johannas Hand so fest, dass sie Mühe hatte, nicht aufzuschreien. An Hans war alles groß und kräftig: im Gesicht besonders die Nase, natürlich Hände und Füße, und wenn dieser zwei Meter lange Mann in seiner Uniform steckte, ließ man sich bestimmt voller Vertrauen auf seine Stärke von ihm retten.
Ehe sich Johanna versah, fühlte sie seine feuchten Lippen auf ihrem Mund. Krampfhaft hielt sie die Salatschüssel an ihre Brust gepresst, wie ein Schutzschild, damit er sie nicht näher an sich heranziehen konnte.
„Wie geht es Lilly?", presste Johanna hervor und wischte sich verstohlen mit ihrer freien Hand über den Mund. Was fiel Hans nur ein? So vertraut waren sie nicht!
„Lena hat das schon im Griff", gab Hans leichthin zur Antwort.
Erst jetzt bemerkte Johanna den Beifahrer, der schweigend neben dem Auto stand.
Herr Buchner lächelte Johanna an!

„Sind Sie auch bei der Feuerwehr?", entfuhr es Johanna.
Die beiden Männer lachten schallend los und sie kam sich ziemlich dämlich dabei vor.
„Tom unterstützt uns seit über einem Jahr und ist der Mann für alle Fälle", gluckste Hans. „Hat dir Lena das noch nicht erzählt? Sie hat doch sonst auch immer allerhand Frauenkram zu berichten."
Johanna missfiel sein Machogehabe. War das neu oder war es ihr nur noch nie aufgefallen? „Ich weiß lediglich, dass Herr Buchner deinen Sohn unterrichtet", sagte sie und ihre Stimme klang spröde wie ein Stück Knäckebrot. Sie zog ihre Augenbrauen entnervt nach oben, ihre Wangen glühten und ihr Zeigefinger zwirbelte um eine Haarsträhne. Johanna versuchte es wie eine lässige Geste wirken zu lassen, indem sie ihr Haar hinter das Ohr strich.
„Der Salat sieht ja lecker aus", versuchte nun Tom Buchner abzulenken. „Ich habe einen Bärenhunger! Lena hat nichts gekocht, weil sie ja dauernd Lillys Kotze aufwischen musste."
Hans grinste und packte eine Sporttasche aus dem Auto.
Angewidert wandte Johanna sich ab. Lena tat ihr Leid und Lilly erst recht. Anstatt sich Sorgen zu machen, jammerte Hans. Und er sah weiß Gott nicht so aus, als bräuchte er sofort einen Tropf, um nicht völlig unterzuckert ins Koma zu fallen.
Johanna erreichte schnell das Ufer des Sees. Am Steg standen zwei Biergartentische, auf denen sich allerlei Köstlichkeiten aufreihten. Sie stellte ihre Salatschüssel dazu, goss das Balsamico-Kräuter-Dressing darüber und mischte es vorsichtig unter.
Zunächst sah Johanna keine weiteren bekannten Gesichter. Sie stand ein wenig unschlüssig am Steg, als plötzlich Tom Buchner neben ihr auftauchte.

„Hat Ihnen Lena nicht gesagt, dass die Jungs von der Freiwilligen Feuerwehr hier ihr Sommerfest feiern?", fragte er.
Johanna stutzte. „Nein, wieso, ist das wichtig?"
Tom Buchner hob abwehrend die Hände. „Nicht wirklich. Es ist nur – mehr eine Art Männerfeier mit derben Sprüchen. Viele Frauen oder Freundinnen der Kameraden kommen deswegen erst gar nicht mit."
Johanna spürte förmlich, wie ihre Wangen an Farbe zulegten. Wahr-

scheinlich leuchteten sie in Kardinalsrot. Sie biss auf die Lippen, bis es schmerzte. Lena, dieses Biest! Na, die würde was zu hören bekommen.
„Nein, also ich …“, stammelte sie, plötzlich verlegen.
„Dachte ich mir schon.“ Tom sah sie an. Augen, so unergründlich blau wie ein Bergsee. Und genauso tief traf sie sein Blick. Hätte er doch nur weggesehen, wie damals vor dem Supermarkt!
Irgendwo in Johannas Bauch flatterte etwas, als flöge ein Schmetterling von einer Blüte zur nächsten.
„Ich würde mich freuen, wenn Sie dableiben“, sagte er leise.
Die Schmetterlinge waren jetzt so groß wie Vogelkinder, die ihre Flügelchen aufplusterten!
Zwei junge Frauen bedienten sich am Buffet und grüßten Tom Buchner herzlich. Eine der beiden, eine sehr attraktive Blondine, küsste ihn auf die Wangen, als wären sie sehr vertraut. Er lächelte die Blondine flüchtig unverbindlich an und Johanna bemerkte erstaunt, wie froh sie dieses Desinteresse machte.
Sie nahm sich auch etwas vom Buffet und entfernte sich ein paar Schritte von der kleinen Gruppe.
„Komm doch zu unserem Tisch! Wir freuen uns über Verstärkung!“, rief die Blondine.
„Oh, ja!“, sagte Johanna dankbar, blieb aber noch unschlüssig stehen.
Es dauerte nicht lange, da stand Tom Buchner wieder neben ihr.
„Essen Sie eigentlich immer so wenig?“
„Ich esse dann, wenn ich Hunger habe“, erklärte Johanna.
„Das scheint wohl nicht oft der Fall zu sein“, meinte er und fügte schnell hinzu: „So schlank wie Sie sind. Eigentlich möchte ich Sie gerne zum Essen einladen, aber ich traue mich in zweifacher Hinsicht nicht.“
Johanna sah ihn nicht an, sondern tunkte ein kleines Hackfleischbällchen in eine weiße Soße. „Punkt eins wäre?“, fragte sie und schob das Bällchen in den Mund.
„Sie gehen wahrscheinlich nicht gerne zum Essen aus, wenn Sie so wenig Hunger haben“, begann er.
Johannas Mundhöhle brannte plötzlich, als habe sie mit Tabasco gegurgelt und eine Chilischote als Zahnseide benutzt! Trotzdem bemühte sie sich, den Kopf zu schütteln und sich nichts anmerken zu lassen.

Tom Buchner stutzte kurz. „Punkt zwei ist, dass ich Angst habe, Sie würden ablehnen.“
Jetzt hielt Johanna den scheußlich scharfen Geschmack nicht mehr aus. Sie stürzte zum See und spuckte den Bissen, der sich wie ein aufgequollener, beißender Schwamm anfühlte, in die Uferböschung. Beschämt wischte sie mit der Serviette, die sie in der Hand hielt, über ihren Mund und sah sich vorsichtig um, ob Tom Buchner ihr gefolgt war.
„Ist alles in Ordnung?“, fragte er besorgt aus dezenter Entfernung.
„Danke!“, keuchte sie heiser, „es war nur etwas scharf. Sehr scharf!“
„Und ich fürchtete schon, mein Vorschlag verursacht Brechreiz bei Ihnen.“ Dabei grinste er Johanna verschmitzt an. „Ich könnte auch für uns kochen – das mache ich leidenschaftlich gerne. – Die Fleischbällchen sind übrigens nicht von mir, keine Angst.“
Johanna antwortete nicht. Sie starrte zu der kleinen Birkengruppe, an deren Stämmen sie früher ihre Hängematten festgebunden hatten. Dort stand Florian Wallner und unterhielt sich angeregt mit ein paar Männern. Die Stimmung schien äußerst ausgelassen.

„Ist etwas nicht in Ordnung?“, fragte Tom Buchner irritiert.
„Wir können auch gerne in ein Restaurant gehen. Ich will nicht aufdringlich sein. Es gibt da einen Landgasthof …“
„Schon gut!“, unterbrach ihn Johanna. „Tut mir Leid, aber diese scheußliche Soße hat mir wirklich die Luft zum Atmen genommen. Ich nehme Ihre Einladung gerne an.“ Sie versuchte charmant zu lächeln. „Landgasthof klingt gut“, ergänzte sie schnell, denn ein privates Essen schien ihr zu vertraut.
Tom Buchner war die Erleichterung anzusehen. Er streckte die rechte Hand aus. „Ich bin Tom.“ Johanna schüttelte sie vorsichtig. Damals vor dem Supermarkt war sie unangenehm feucht gewesen. Heute fühlte sie sich warm und trocken an und er hielt ihre Hand ein paar Herzschläge länger als nötig. Vielleicht war es ihm damals nur nicht so gut gegangen?
„Johanna“, sagte sie leise und löste vorsichtig ihre Hand aus der seinen. „Passt dir morgen, sagen wir um 19 Uhr? Kennst du den Landgasthof ‚Zum Ettengruber‘?“

„Den Ettengruber?“, platzte Johanna lachend heraus, weil sie dabei sofort an Omas Toilettenplauderei dachte.
„Ja. Oder nicht?“ Tom Buchner wirkte verunsichert.
„Doch, doch“, lenkte sie schnell ein. Sie sahen einander prüfend an. Johanna spürte plötzlich ein Kribbeln im Nacken. Es war, als wehe ein kühler Abendwind um ihren Körper, obwohl sich kein Lüftchen regte. Sie fröstelte. Gänsehaut überzog ihren Rücken, genau wie damals an der Koppel, als sie sich von jemandem beobachtet gefühlt hatte.
Die Erinnerung an das Gespräch mit Florian, Hauptkommissar Kremmel und Oma erwachte plötzlich in ihrem Gedächtnis. Mit jedem Pulsschlag dröhnte wachsendes Misstrauen. Aber gab es überhaupt einen Grund, misstrauisch zu sein oder war das nur ein lächerlicher Zufall?
„Ich habe den Eindruck, dass ich dich irgendwie überrumpelt habe“, sagte er und sah enttäuscht aus. So überzeugend, dass sich Johanna insgeheim eine hysterische Ziege schalt.
„Es ist alles in Ordnung!“, beruhigte sie sich selbst laut.
„Tom, kommst du mal!“, schrie jemand.
Beide wandten ihre Köpfe in die Richtung, aus der der Ruf gekommen war.
Hans winkte, in einiger Entfernung vor einem großen Grill stehend, mit einer Grillzange in der Hand.
„Da wird mein Einsatz verlangt“, sagte Tom. „Also, bis morgen. Ich freue mich!“ Er hob grüßend die Hand und verschwand.

Johanna fühlte sich wie ein verlassenes Kind. Sie massierte sich mit einer Hand ihren verspannten Nacken und drückte die andere Hand gegen ihren Bauch. Dort jubilierte ein Gefühl der Vorfreude, während ihre Gedankenlast im Kopf so auf den Nacken zu drücken schien, dass dieser schmerzte.
Die Wasseroberfläche des Sees glitzerte geheimnisvoll. Noch färbte die untergehende Sonne mit einem Hauch den westlichen Abendhimmel dunkelorange, während der zunehmende Mond und einige Sterne bereits leuchteten, eingestickt wie kostbare Juwelen auf Samt.
Magnetisch angezogen schritt Johanna den langen Steg entlang. Je

weiter sie vorankam, desto kühler umströmte die Abendluft ihre Beine. Sie zog die Schuhe aus, raffte ihren weiten Rock und setzte sich ans Ende des Stegs. Vorsichtig ließ sie ihre Beine ins Wasser gleiten. Es war sogar ein wenig wärmer als die Luft! Johanna schloss die Augen und sog die würzige Luft tief ein.
Wie betörend es roch! Nach einer Mischung aus Blüten, Gräsern und dem ganz eigenen Duft des Wassers. Genau wie früher, nichts schien sich verändert zu haben. Selbst die fröhlich feiernde Gesellschaft etwa hundert Meter entfernt schien ihr viel weiter weg, die Stimmen drangen nur gedämpft durch die Uferpflanzen zu ihr. Dafür hörte sie das Rascheln von Schilfgräsern und Vögel, die ihr Abendlied zwitscherten. Immer wieder gluckste es, wenn ein Fisch ein dicht über der Wasseroberfläche fliegendes Insekt schnappte und sich anschließend eine kleine Luftblase bildete.
Johanna bewegte ihre Zehen und beobachtete fasziniert die kleinen Wellen, die, wie von magischer Hand gesteuert, bei ihren Waden an der Wasseroberfläche starteten und immer größere Kreise zogen.

„Hallo, Johanna!", sagte Florian leise.
Erschrocken drehte sie sich um. „Spinnst du, mich so zu erschrecken!", fuhr sie ihn an. Ihre Augen funkelten plötzlich voller Zorn.

Er spürte ihre Wut und ihr abweisender Ton verletzte ihn. Dabei hatte er sie nur begrüßen wollen.
„Tut mir Leid", sagte er verunsichert und blieb unschlüssig hinter ihr stehen.
„Du kannst wahrscheinlich nicht anders. Anschleichen lernt ihr auf der Polizeihochschule, nicht wahr?", fragte sie und biss sich auf die Lippen. Der Sarkasmus in ihrer Stimme erstaunte sie selbst und sein betroffenes Schweigen signalisierte ihr, dass sie ihn verletzt hatte.
Er streifte dennoch die Schuhe ab, ließ sich geschmeidig und geräuschlos wie eine Katze neben Johanna nieder und tauchte ebenfalls seine Füße ins Wasser.
Schweigend saßen sie Schulter an Schulter und starrten auf den See. Sie spürte widerstrebend die Wärme seines Körpers, als durchströme sie ein winziger elektrischer Impuls, und plötzlich genoss sie seine

Nähe. Gerne hätte sie sich ein wenig an ihn gelehnt, doch ihr Stolz hielt sie davor zurück.
Ihr Oberarm war dabei so dicht neben seinem, dass sie sich fast berührten. Florian fühlte ihren inneren Kampf, doch er konnte ihn nicht deuten.
„Hast du …“, begannen beide gleichzeitig, wie auf Kommando.
Sie sahen einander kurz an und fingen dann leise an zu lachen.
„Du zuerst!“, wisperte Johanna.
„Nein, du zuerst!“, sagte Florian, erleichtert über ihr zartes Lächeln.
„Hast du … dich manchmal daran erinnert?“, fragte sie, auf einmal wieder ernst.
„Natürlich habe ich mich erinnert!“, sagte er erstaunt und dann wieder im Flüsterton: „Wie hätte ich es vergessen können? Es ist …“ Er schwieg und stieß mit dem Fuß einen kleinen Zweig weg, der langsam auf sie zu trieb. Er rang mit sich, ehe er es aussprach. „Es gehört zu den schönsten Erinnerungen, die ich habe.“
„Ah ja? Und deshalb hast du es dann so abrupt beendet? Machst du das immer so, quasi nach dem Motto: Wenn es am schönsten ist, hörst du damit auf?“ Johanna fröstelte plötzlich und schlang die Arme um ihren Oberkörper. „Lassen wir das! Es ist aus und vorbei und längst vergessen!“, sagte sie dann heiser, zog hastig ihre Füße aus dem Wasser und erhob sich.
Blitzschnell nahm Florian ihre Hand, sprang auf und zog sie näher zu sich heran. Sie durfte jetzt nicht einfach gehen!
Widerwillig blieb sie stehen, sträubte sich dagegen, seine Nähe zuzulassen und ihm ins Gesicht zu sehen. Der Schmerz saß zu tief.
Die Dämmerung war längst hereingebrochen, doch trotz der Dunkelheit erkannte sie die Traurigkeit in seinen Augen.
„Warum bist du damals weggegangen?“, fragte sie so leise, dass er trotz der Nähe Mühe hatte, sie zu verstehen. Ihre Knie zitterten etwas und das machte sie nur noch wütender. Überhaupt hätte sie vor Wut und Enttäuschung am liebsten mit ihren Fäusten gegen seine Brust getrommelt.
Die Erinnerung tat weh. Ein warmer Juliabend vor siebzehn Jahren: Sie waren schwimmen gewesen, hatten herumgealbert und irgendwann hatte er sie plötzlich zärtlich in die Arme genommen und ge-

küsst. Sie hatte sich geborgen gefühlt und er schien seine Schüchternheit vergessen zu haben.
Dann hatten sie sich geliebt und es war für beide ihr erstes Mal gewesen. Er hatte sie gefragt, ob sie sein Mädchen sein wolle und sie hatte überglücklich zugestimmt.
Klappe zu. Romantik ade. Zwei Wochen später hatte er ihr mitgeteilt, dass er an der Polizeihochschule studieren würde. Mistkerl!
„Kann man da Kuschelteddys mitbringen?", hatte sie ihm hinterhergerufen, als sie sich ein letztes Mal trafen. Sie war voller Zorn und hatte sich nicht einmal geschämt für ihre verletzenden Worte.

„Ich hielt es für das Beste", flüsterte Florian und riss sie aus ihren Erinnerungen. „Du warst mir sehr wichtig, aber ich kam damals nicht mit dem Unfall meiner Eltern klar. Ich musste ihren plötzlichen Tod überwinden. An einem anderen Ort, am besten weit weg von hier. Und ich glaubte, das nur zu können, wenn ich mich auch selbst überwinde. – Du weißt, ich war nie so mutig."
Er lachte wie ein kleiner Junge, verlegen und irgendwie verletzlich. „Und dabei hatte mich Polizeiarbeit eigentlich immer fasziniert."

„Wieso hast du es mir nicht erklärt oder es zumindest versucht? Vielleicht hätte ich dich verstanden", sagte sie, nun ohne Vorwurf in der Stimme.
„Glaubst du wirklich, du hättest mich verstanden?"
In diesem Moment quakte ein Frosch hinter ihnen, laut und inbrünstig.
„Nein", sagte Johanna ehrlich, „ich hätte dich nicht verstanden."
„Siehst du", brummte er. „Und jetzt bin ich so ein armer Frosch und könnte mir die Seele aus dem Leib quaken, du würdest mich nicht anhören."
„Da hast du recht, Froschkönig." Johanna stieß sich sanft und doch entschlossen von Florian ab. „Ich küsse dich nicht mehr." Dann schnappte sie ihre Schuhe und eilte den Steg entlang.
Auf dem Heimweg stockte der Motor ihres Wagens ein wenig, es war, als hätte er Husten. Johanna fing an zu schwitzen. Wenn sie jetzt eines nicht gebrauchen konnte, dann hier mitten im Wald mit dem Auto liegenzubleiben! Doch auf der Landstraße fuhr der Wagen ohne

Schwierigkeiten. Als sie kurz vor dem Haus war, gab es dann einen richtigen Ruck. Sie parkte im Hof und stieg ratlos aus. Was war nur mit dem Auto los?
„Grüß dich, Hanna!"
Sie schrie vor Schreck auf und es schien, als halle ihr Schrei in der Dunkelheit wider. Blitzschnell drehte sie sich um und hatte das Gefühl, ihr Puls setze kurz aus, um gleich darauf loszurasen.
„Paul? Bist du das? Meine Güte, hast du mich erschreckt!"
„Tut mir Leid!", sagte Paul Gschwender und grinste so breit, dass sie Zweifel hatte, ob er es wirklich so meinte. Er war wie aus dem Nichts, aus dem Schatten der Nacht, hinter ihr aufgetaucht. Hatte er hier etwa auf sie gewartet?
Johanna zitterte immer noch vor Schreck und konnte nicht klar denken. Sie war müde und fröstelte trotz ihrer warmen Strickjacke. Der Schreck war ihr in die Glieder gefahren. Dennoch hatte sie den Nachbarsjungen, Kathis kleinen Bruder, gleich erkannt. Auch wenn er bei ihrer letzten Begegnung gerade sein Abitur gefeiert und seither doch erwachsener geworden war.
„Bist du nicht auf irgend einer Landwirtschaftsakademie?", fragte sie ohne wirkliches Interesse.
„Seit heute sind Ferien", gab er zur Auskunft. „Ich habe jetzt mein Diplom. – Ist was mit deinem Auto?"
„Gratuliere zum Abschluss", sagte Johanna und unterdrückte ein Gähnen.
„Soll ich morgen mal nachsehen?", bot er ihr an und deutete auf das Auto.
„Das wäre lieb, Paul", sagte sie. Erst jetzt registrierte sie, wie groß und kräftig er geworden war. Vor ihr stand kein kleiner Schuljunge mehr, den sie necken konnte. Paul war erwachsen geworden.
„Dann bis morgen, Hanna", sagte Paul und verschwand so schnell im Dunklen, wie er aufgetaucht war.

Am nächsten Vormittag inspizierte Paul ihr Auto. Nachdem Johanna zusammen mit Frau Mack Oma gebadet hatte, ging sie zu ihm in den Hof. Paul hing mit dem Oberkörper über dem geöffneten Motorraum und hantierte mit einem Werkzeug, dessen Nutzen Johanna nicht kannte. Maschinen waren für sie ein unbekanntes Terrain. Sie hatten einfach zu funktionieren, wenn man sie brauchte.

„Weißt du schon, was es sein könnte?“, fragte sie und sah ratlos abwechselnd auf seine großen, ölverschmierten Hände und in den Motorraum.
Paul richtete sich auf, streifte seine Hände flüchtig an seinem grauen Arbeitsoverall ab und grinste sie breit an. Seine Zähne waren so weiß und makellos, als werbe er exklusiv für ein Bleichmittel. Auch seine blauen Augen strahlten, lachten sie aus. Er schien es zu genießen, dass sich die Rollen vertauscht hatten. Nun war er es, der sie necken konnte. Seine blonden Haare waren so kurz geschnitten, als wäre er gerade in die US-Armee eingetreten. Nach dem letzten Streit mit seinem Vater hatte er seinen Friseur aufgesucht und war demonstrativ mit extra kurzen Haaren heimgekehrt.
„Dein Schnauferl war schon länger nicht mehr in der Werkstatt“, stellte er fachkundig fest. „Die Zündkerzen keuchen aus dem letzten Loch und ein Ölwechsel ist auch dringend nötig.“
„Kann sein“, murmelte Johanna verlegen. „Würdest du das für mich erledigen? Ich bezahle selbstverständlich alles, was anfällt.“
Paul grinste wieder. „Geh einfach mal mit mir aus, dann hat sich das erledigt.“
Johanna prustete los. „Was, Paul? Mit dir ausgehen – ich bin doch viel zu alt für dich! Da lachen dich deine Freunde aus.“
Sie hielt es für einen guten Scherz.
Paul offensichtlich nicht. Sein Lachen erlosch.
„Du hast doch sicher eine Freundin, Paul? Ist sie aus unserem Dorf?“, versuchte Johanna abzulenken.
Über seine Augen legte sich ein Schatten. Dann beugte er sich wieder über den Kühler und hantierte im Motorraum.
„Ich habe keine Freundin“, brummte er.
Johanna überlegte fieberhaft, was sie sagen sollte, um die Situation wieder zu entspannen, aber ihr fiel nichts Passendes ein. Sollte die Einladung etwa ein Kompliment sein? Während sie noch darüber nachgrübelte, hörte sie plötzlich, dass sich hinter ihr langsam ein Wagen näherte und schließlich stehen blieb. Aus dem Auto stieg Tom Buchner.
„Hallo Johanna“, grüßte er fröhlich und lächelte sie an. „Ich bringe dir deine Salatschüsseln. Du hast sie gestern vergessen.“

Tom kam auf sie zu, reichte ihr die Schüsseln und nahm seine Sonnenbrille ab. Er duftete nach einem dezent-herben Aftershave, genau jener Duftnote, die Johanna so mochte.
„Danke, das ist …“, Johanna war zu überrascht, Tom hier zu sehen. Ob sie ihn ins Haus bitten sollte? Doch in der Küche saß Oma im Morgenmantel beim Zeitunglesen.
„Ich muss noch etwas erledigen“, sagte Tom und nahm ihr diese Entscheidung ab. „Wir sehen uns heute Abend.“
Als er bereits die Wagentür geöffnet hatte, rief er: „Ich freue mich!“
Johanna nickte ihm zu und sah dem Wagen nach. Als sie sich umdrehte, fiel ihr auf, dass Paul sie musterte.
„Gehst du mit dem?“, fragte er und säuberte dabei ein winziges Teilchen mit einem ölgetränkten Lappen.
„Ach, Blödsinn!“, rief Johanna und ging ins Haus.

Immer wieder sog er die würzige Abendluft tief ein.
Es war, als könne er den Weg des Sauerstoffs verfolgen, von der Rachenhöhle bis tief in die Bronchien und über die Kapillaren in die Blutbahn bis in alle Körperzellen.
Seine Schädeldecke prickelte, als sei sein Kopf mit spritzigem Champagner gefüllt.
Er hatte sie beobachtet.
Sie würde die eine sein.
Sie würde ihn zu lieben verstehen.
Mit ihr konnte er vielleicht eins sein.
Vereint im Reich des unendlichen Lebens.
Doch dazu würde sie sterben müssen wie die beiden anderen auch.

Das Poster an der gläsernen Eingangstür zur Metzgerei Bäcker war neu. Erstaunt blieb Johanna stehen.
„Die Verbraucherzentrale informiert“ stand in großen schwarzen Lettern als Überschrift. Speisepilze und Giftpilze reihten sich artig über zwei Drittel der Posterfläche und neben den Fotos der Giftpilze warnte jeweils ein schwarzer Totenkopf. Zu lesen waren typische Merkmale

und bevorzugte Standorte der Pilze. Ganz unten prangte extra groß die Telefonnummer der Pilzberatungsstelle.
„Des kommt davon!“, sagte Magdalena Hackl, die Pfarrköchin, als sie an Johanna vorbei in den Laden drängte. „Jeder sammelt Pilze und keiner kennt sie mehr. Mir würd' des nicht passieren, da muss der Herr Pfarrer keine Angst haben.“
Drinnen im Laden ging die Diskussion zwischen Frau Bäcker, Frau Hackl und einer weiteren Kundin weiter.
Eine gefühlte viertel Stunde hörte sich Johanna an, was die älteren Frauen zu sagen hatten. Keine glaubte, dass es sich um Mord handeln konnte.
„Wer sollte hier in der Region so etwas tun?“, rief Frau Bäcker mit ihrer kieksig-heiseren Stimme und schüttelte missbilligend ihren Kopf. „Ich glaub, dass das alles ein dummer Zufall ist oder dass einer aus der Stadt die Leich' hergeschafft hat.“
Die Pfarrköchin bekreuzigte sich. „Es ist schon ein bisschen unheimlich“, gab sie zu. „Ich schließe jetzt nachts mein Fenster. Aber meinen Waldspaziergang am Sonntag lasse ich mir nicht verderben.“
„Ach, das wird doch alles übertrieben. Das waren bestimmt dumme Mädchen!“, keifte die Frau, die Johanna nicht kannte.

Johannas Herz klopfte. Wild, klagend, entschlossen.
„Und wenn es doch Mord war?“, fragte sie laut.
Schlagartige Stille überdeckte den Raum wie eine Glasglocke.
Drei Frauen sahen Johanna an.
Schweigend, fragend, ablehnend.
Eine Fliege summte. Hinten aus der Metzgerei ertönte kreischend eine Knochensäge.
Frau Bäcker klatschte ein Stück Fleisch auf das große Kunststoffbrett vor sich und rammte ein kleines Fleischbeil hinein.
„Wie viel Schulterbraten brauchen's für'n Herrn Pfarrer?“, fragte sie Magdalena Hackl. Und mit einem fast feindseligen Blick zu Johanna brummte sie: „Manche aus der Großstadt haben einfach schon zu verdorbene Gedanken.“
Johanna schluckte und schwieg. Sie überlegte kurz, ob sie den Laden wortlos verlassen sollte, doch ihr Stolz hinderte sie daran und vor al-

lem wartete Oma auf ihren geliebten Schinken fürs Abendbrot.
„Kommst mal in die Kirche, Johanna?“, fragte Frau Hackl mit unschuldigem Lächeln, das ihre Pausbacken eigenartig auseinander zog. „Ich hab dich erst einmal mit deiner Großmutter im Gottesdienst gesehen.“
„Wirklich?“, fragte Johanna und würgte ihre aufsteigende Wut nur mit großer Überwindung hinunter. „Ich trau mich halt nicht mehr aus dem Haus.“
Magdalenas Pausbacken rutschten fünf Zentimeter in die Tiefe.
„So?“
„Ja, vielleicht bin ich ja auch ein dummes Mädchen. Und was dann? Vielleicht bin ich in Gefahr?“, sagte Johanna mit erzwungener Ruhe, wohl bewusst, dass sie provozierte und darin wenig Übung hatte.
Magdalenas Mund war plötzlich nur noch so breit wie ein schmaler Bleistiftstrich. „Und eine Rindersalami brauch ich dann auch noch!“, sagte sie wieder zu Frau Bäcker gewandt.

Johanna fror auf einmal. Es war, als umhüllte sie die eisige Ablehnung der Frauen. Und sie konnte nach ihrem Einkauf gar nicht schnell genug aus der beklemmenden Enge des Ladens eilen.

Verdacht

Der Biergarten „Beim Ettengruber“ war voller Gäste, jeder Tisch besetzt. Johanna sah sich suchend um. Sie hoffte, dass Tom schon auf sie wartete, denn sie saß nur ungern alleine an einem Tisch, wenn um sie herum scheinbar alle Leute in Gesellschaft waren.

Da erhob sich Tom, fast am Ende des Gartens, und winkte ihr zu. Johanna ging durch die Tischreihen.

„Hallo“, grüßte sie Tom, als sie den kleinen Tisch unter einer Kastanie erreicht hatte.

Er strahlte sie an. „Schön, dass du da bist!“

Zunächst kam das Gespräch nicht so recht in Gang. Zum einen mussten sie aus der reichhaltigen Speisekarte auswählen, zum anderen wurden sie immer wieder unterbrochen, weil Tom von auffallend vielen Gästen gegrüßt wurde. „Als Lehrer kann man in der Großstadt sicher anonymer leben“, meinte er schmunzelnd. „Anscheinend sind noch nicht so viele Familien in die Ferien aufgebrochen.“

„Werden Sie …, ich meine, wirst du verreisen?“, fragte Johanna.

„Ich werde Anfang September nach Würzburg fahren und dort ein paar Bekannte besuchen.“ Er stockte kurz, denn eine junge Bedienung brachte die Getränke. Dann fügte er hinzu: „Bevor ich hier vor zwei Jahren die Stelle antrat, habe ich in Würzburg studiert und gearbeitet.“ Er schwieg plötzlich, sein Gesicht wirkte mit einem Mal verschlossen, als erinnere er sich an etwas Unangenehmes.

„Und was hat dich dann in die bayerische Idylle verschlagen? Gab es in Würzburg keine Stellen mit Aufstiegschancen oder hat es dir an der dortigen Schule nicht gefallen?“, wollte Johanna wissen.

Tom hob sein Weißweinglas. „Lass uns auf diesen Abend anstoßen“, sagte er, ohne auf ihre Frage einzugehen.

„Zum Wohl“, antwortete sie und nippte am Wein. Er war angenehm kühl und fruchtig.

„Wie bist du hierher gekommen? Sehnsucht nach der Kindheit?“, fragte Tom.

„Nein, meine Mutter musste in eine Reha-Klinik und ich habe die Betreuung meiner Großmutter übernommen. Das ging allerdings nur, weil ich meine Stelle verloren habe“, erklärte Johanna.

„Das tut mir Leid. Als was hast du gearbeitet?“ Tom sah sie an, sein Gesichtsausdruck war wieder entspannt.
„Ich habe Software entwickelt, in den vergangenen Monaten war mein Arbeitsschwerpunkt auf die Patientendatenverwaltung für Arztpraxen und Kliniken gerichtet. Mein letztes Projekt verknüpfte Diagnosedaten mit Kostenfaktoren und ich war so stolz auf meine Innovationen. – Tja, Pech gehabt, aber ich werde schon wieder eine gute Anstellung finden.“
„Sicher planst du, wieder nach München zurückzugehen, oder? – Guten Abend, Herr Daxlmeier.“ Tom wurde schon wieder gegrüßt.
„In erster Linie suche ich einen interessanten Job, etwas mit Zukunft sollte es auch sein. Ich bin nicht ortsgebunden.“ Johanna nestelte an der Serviette. „Allerdings werde ich hier noch mindestens vier Wochen gebraucht. Mal sehen, was sich bis dahin ergibt.“
„Ehrlich gesagt bin ich ganz froh, dass alles so gekommen ist“, gestand Tom und legte seine Hand auf Johannas Unterarm.
„Ich hätte dich sonst nicht kennengelernt.“
Sie lächelte geschmeichelt, schwieg aber, denn so sehr sie ihre Mutter und Großmutter liebte und ihnen helfen wollte – ihren Job hätte sie gerne behalten.
Das Essen wurde serviert und es schmeckte vorzüglich. Kein Wunder, dass dieser Landgasthof so beliebt war. Die Abendluft war angenehm mild und Johanna spürte, wie der ungewohnte Alkohol ihr ein bisschen in den Kopf stieg.
Tom erzählte von seiner Studentenzeit und kritisierte unsinnige Lehrplanänderungen. „Kinder von heute wissen, welche Steuern die Gemeinden einnehmen, aber sie können eine Amsel nicht von einer Drossel unterscheiden. Ich finde es höchst bedenklich, dass so etwas Wichtiges aus dem Lehrplan gestrichen wurde. Daher gehe ich gerne mit den Kindern in die Natur oder zeige ihnen Modelle von Waldfrüchten und Tieren. Du glaubst gar nicht, wie interessiert die Kleinen daran sind.“
„Doch, als Kind hat mich das auch alles fasziniert. Mal abgesehen davon, dass wir das noch im Unterricht durchnahmen, gab es für mich nichts Schöneres, als in der Natur zu spielen.“ Johanna tupfte ihren Mund mit der Serviette ab, sie war mit dem Essen fertig.

„Hast du Lust, mit mir einen Ausflug zu machen?“, fragte Tom. „Ich würde gerne mal wieder den Rundweg durch den Nationalpark gehen. Bei den Bären soll es Nachwuchs gegeben haben und vielleicht kann ich am Wolfsgehege Fotos für die Kinder machen.“ Tom schwieg abwartend.

„Ja, warum nicht“, sagte Johanna. In ihrem Bauch kribbelte es. Tom wollte sie wiedersehen, das schmeichelte ihr. Dennoch musste sie ihn erst besser kennen lernen. Im Moment fühlte sie sich bei ihm noch nicht zu Hause, jenes Vertrauen, das sie damals bei Christian sofort zu spüren geglaubt hatte.

„Du hast mir immer noch nicht meine Frage beantwortet“, sagte Johanna darum unvermittelt.

Tom legte sein Besteck bedächtig auf den Teller: „Welche Frage?“

Sie sah ihm eindringlich in die Augen und er wandte den Blick ab. „Er weiß genau, welche Frage ich meine!“, dachte sie.

„Warum bist du von Würzburg weggegangen?“, wiederholte sie.

Er faltete wie zum Gebet seine Hände. Seine Lippen bildeten eine schmale Linie, ehe er zu sprechen begann.

„Meine Verlobte starb an Krebs. Wir wollten heiraten. Fünf Monate vor dem Hochzeitstermin wurde eine aggressive Form von Leukämie festgestellt. Drei Monate später war sie tot.“

Tom sprach so leise, dass Johanna Mühe hatte, ihn zu verstehen. Sein Blick blieb weit entrückt, tief in Erinnerungen versunken, und Johanna begriff seinen Schmerz. Sie schämte sich, weil sie nachgehakt hatte.

„Das … das tut mir sehr Leid“, brachte sie schließlich hervor und nun war sie diejenige, die seine Hand berührte.

Endlich sah er sie an, nach quälenden Sekunden, die den Geräuschpegel des fröhlichen Stimmengewirrs um sie herum noch lauter, ja aufdringlich wirken ließen.

„Schon gut, das ist fast drei Jahre her. Und es war die richtige Entscheidung, von Würzburg hierher zu gehen.“ Er nahm ihre Hand und fügte hinzu: „Vielleicht auch, um dich zu treffen.“

Johanna versuchte ein aufmunterndes Lächeln. Ein zärtliches Gefühl stieg in ihr auf, mehr als nur Mitgefühl. Trotzdem war da ein Gedanke, eine Erinnerung, die sich ihr aufdrängte: Ausgerechnet in diesem Moment dachte sie an Florian. Auch er hatte Ähnliches erlebt, war fortgegangen von dem Ort, den er liebte. Und plötzlich verstand sie ihn. Sie würde es Florian sagen, irgendwann. Doch warum dachte sie gerade jetzt an ihn, wo sie ein Rendezvous mit einem der attraktivsten Männern in der Gegend hatte?

„Mach dir darüber keine Gedanken mehr!", forderte Tom sie auf. Seine Stimme war weich und voller Zärtlichkeit. „Es ist ein trauriger Teil meiner Vergangenheit. Aber ich bin inzwischen wieder offen für eine neue Partnerschaft. Nur manchmal habe ich Probleme …" Er stockte, suchte nach Worten.

„Ja?", fragte Johanna und während sie auf seine Antwort wartete, spürte sie ihren Puls hart hinter den Schläfen pochen.

„Nun, es ist nicht so, dass ich nicht versucht hätte, mich zu verlieben. Aber ich habe Angst, die Frau wieder zu verlieren, und deswegen habe ich bisher nach kurzer Zeit die Beziehung immer wieder beendet." Er hob die Schultern.

Die Bedienung kam und nahm die Teller mit. „Noch ein Dessert?", fragte sie lächelnd.

„Nein, danke", wehrte Johanna ab.

„Für mich einen Kräuterbitter", bestellte er.

Die Bedienung nickte und eilte davon.

Eine Weile schwiegen sie.

„Erzähl mir etwas von dir!", bat Tom schließlich. „Ich möchte so gerne mehr über dich erfahren. Was denkst du über Politik? Welche Lieblingsspeisen hast du? Gefällt es dir, wieder hier in der Heimat zu sein?"

„Das sind viele Fragen", lachte Johanna leise. „Ließe sich über Politik nicht stundenlang debattieren? Und Lieblingsspeise – ja, so gesehen, habe ich eigentlich keine. Ich esse gerne Gemüse, generell leichte Kost. Und ich nasche für mein Leben gerne."

„Naschen? Wieso hast du keinen Nachtisch bestellt? Es ist doch nicht wegen der so genannten schlanken Linie, denn das wäre bei dir absolut unnötig", sagte er lächelnd.

„Keine Sorge, ich lutsche nicht nur an Salatblättern und trinke Wasser dazu. Ich bin ganz einfach satt."

Die junge Bedienung kam wieder und servierte den Kräuterbitter.

Sie lächelte Tom freundlich an.

„Ich hätte gerne noch ein Eis für meine bezaubernde Begleitung", sagte Tom.

„Aber nein, ich …“, protestierte Johanna sofort.
„Wir haben ein leichtes Joghurt-Erdbeer-Sorbet. Es erfrischt und hat nur wenige Kalorien“, erklärte die junge Frau, nun zu Johanna gewandt. Erst jetzt fiel Johanna der Akzent auf. Anscheinend kam die junge Frau aus Tschechien oder der Slowakei. Omas Erlebnis kam ihr in den Sinn und ohne es zu wollen, starrte Johanna die Bedienung an.
Diese deutete es wohl als Unentschlossenheit, denn sie wandte sich wieder Tom zu. „Darf ich eine Portion bringen?“
„Selbstverständlich“, sagte er.
Johanna biss sich auf die Lippen. Es störte sie, dass er ihren Willen missachtete. Doch viel mehr beschäftigte sie die Erinnerung an das Gespräch mit Oma, Florian und Hauptkommissar Kremmel.
„Entschuldige mich bitte kurz“, sagte Johanna, packte ihre Handtasche und eilte so schnell durch den Garten, als plage sie plötzlich ein heftiger Durchfall.
Die Toiletten befanden sich am Ende eines schmalen Ganges neben dem Küchenbereich des Landgasthofs.
Johanna öffnete die Tür zum Waschraum und blieb vor dem Spiegel stehen. Ihre Wangen waren gerötet, Stirn und Nase glänzten ein wenig. Sie holte eine Puderdose aus der Handtasche, trug etwas Puder auf und betrachtete dann im Spiegelbild den Raum, in dem Oma ihr eigenartiges Gespräch mit der jungen Tschechin geführt hatte, die jetzt tot war.
Plötzlich überzog Gänsehaut ihre Arme und ihren Nacken, obwohl es im Raum drückend schwül war. Die ganze Abwärme der Küche schien sich hier zu fangen. Könnten die fliederfarbenen Fliesen erzählen – wer weiß, was sie alles zu berichten hätten.
Johanna schwindelte etwas. War es der Wein oder die drückende Atmosphäre? Sie hielt sich an einem Waschtisch fest und versuchte zu begreifen, dass sie seit dem Gespräch, eigentlich seit dem ersten Artikel in der Zeitung, immer wieder an die jungen Opfer gedacht hatte. Ihr tragischer Tod beschäftigte sie und sie hatte es nicht zulassen, sondern verdrängen wollen. Ob es den Leuten hier in der Region ähnlich ging? Johanna konnte sich nicht vorstellen, dass alle voller Desinteresse waren. Weshalb mussten die Frauen sterben? Und wer war dafür verantwortlich? Wem konnte sie vertrauen und ihre Ängste aussprechen?

Sie rieb ihren Nacken und wusch dann mit kaltem Wasser ihre Hände und Unterarme. Da waren ihre Gedanken wieder bei Florian, dessen Beruf es war, Verbrechen dieser Art aufzuklären. Sicher keine leichte und auch keine ungefährliche Aufgabe. Johanna beneidete ihn nicht darum.

Während sie die Arme nur flüchtig mit einem Papierhandtuch abtrocknete, sah sie prüfend in den Spiegel. Draußen saß Tom und eigentlich müsste sie doch glücklich oder zumindest entspannt lächeln. Doch es gelang ihr nicht. Und es war nicht nur der unterschwellige Ärger wegen des Sorbets.
Sie trat wieder auf den schmalen Gang hinaus und wäre vor der Tür beinahe mit einem Mann zusammen gestoßen.
„Entschuldigung!", sagten beide gleichzeitig.
Dann sahen sie sich erstaunt an.
„Frau Brandner?"
„Herr Neumeier?"
Leon Neumeier schüttelte Johanna erfreut die Hand. „Das nenne ich einen Zufall, Sie hier zu treffen. Sind Sie schon lange da? Ich habe Sie gar nicht bemerkt!", sagte er mit einem charmanten Lächeln. Und noch bevor Johanna antworten konnte, sprach er weiter: „Ich wollte Sie morgen anrufen. Es geht um Ihre Bewerbung."
Johannas Herz schien zu stolpern. Dann hatte sie plötzlich Herzklopfen wie ein Teenager, der seinen Schwarm erblickt.
„Ja, was wollten Sie mir mitteilen?", brachte sie mit heiserer Stimme hervor. Auch in diesem schmalen Gang war es unangenehm warm.
„Ich möchte Ihnen einen Vertrag anbieten. Wenn Sie an der Stelle weiterhin interessiert sind, würde ich mich sehr über Ihre Zusage freuen."
Seine Worte hallten von den engen Wänden wider. Der Boden unter Johanna schien sich zu drehen. Ihr Bewerbungsgespräch hatte sie ebenfalls immer wieder verdrängt! Musste sie sich hier und jetzt entscheiden?
„Denken Sie darüber nach", schlug er vor, als könne er ihre Gedanken lesen. „So eine Entscheidung darf man nicht übereilen!"
Immer noch hielt er ihre Hand. „Sagen wir, dass Sie sich bis Freitag melden und mir Bescheid geben? Rufen Sie mich im Büro an. Und falls Sie zusagen, könnten wir uns am Wochenende zu einem Ver-

tragsgespräch treffen. Vielleicht hier im Landgasthof? Hier sitzt man wirklich schön."
Jetzt ließ er ihre Hand los, lächelte noch etwas breiter und schien sich nicht an ihrer Einsilbigkeit zu stören. Er wünschte ihr noch einen schönen Abend und wandte sich ab, um die Tür zur Herrentoilette zu öffnen.
„Vielen Dank! Ich rufe Sie an", rief Johanna ihm hinterher, endlich aus ihrer Erstarrung gerissen. Immer noch schlug ihr Puls schneller, ihre Gedanken drehten sich im Kreis.
Ein Stellenangebot! Hatte sie damit gerechnet? Eigentlich wollte sie nur trainieren, obgleich sie beim Gespräch sofort gespürt hatte, dass sie um das Interesse des Firmenchefs buhlte.

Wie in Trance ging sie langsam zu ihrem Tisch im Garten zurück. Alle Welt schien diesen Landgasthof zu kennen. Lag hier die Lösung für die beiden Mordfälle? Fast jeder hier hätte auch Kontakt zu den Ermordeten haben können. Selbst für Oma war es ja möglich gewesen. Sie glaubte nicht an einen Zufall. So unaufhaltsam wie Nebel über herbstlich verödeten Feldern aufstieg, setzte sich dieser Gedanke fest. Johanna ließ ihren Blick schweifen. An den Tischen saßen Familien und Paare. Über dem Biergarten schien eine sommerleichte Unbeschwertheit zu schweben. Könnte sich hier wirklich ein Mörder aufhalten?

Auch Leon Neumeier war in Gedanken versunken. So drückte er viel zu fest auf den Seifenspender. Die Seifenlösung spritze und benetzte sein feines Leinenhemd. Mit einem leisen Fluch tastete er nach einem Papiertuch und versuchte die Seife zu entfernen. Dabei entstanden winzige Seifenbläschen und vergrößerten die betroffene Fläche. Wütend ballte er seine Faust und zerknüllte das Tuch. Heute ging aber auch alles schief! Erst das nervige Gespräch mit dem Filialleiter seiner Hausbank, die den Kredit für seine Arzneimittel-Innovation nicht so ohne weiteres herausrücken wollte. Dabei hatte er so lange an dem Medikament gegen Herzinsuffizienz geforscht! Dann der Innenausbau seines Hauses, der sich unnötig zäh in die Länge zog, und schließlich Sabrina, die ihn in letzter Zeit ständig im Büro nervte.

Überhaupt stresste ihn ihre sprunghafte Laune in letzter Zeit immer mehr. Er seufzte. Diese Frau Brandner schien da anders zu sein und in sich zu ruhen. Überhaupt war sie sehr attraktiv. Leon hoffte, dass sie zusagen würde. Mal sehen, ob er im Garten noch einen Blick auf sie werfen könnte.

„Da bist du ja, ich habe mir fast Sorgen gemacht", sagte Tom ohne Vorwurf in der Stimme, als sie wieder an den Tisch kam.
„Jetzt habe ich das Sorbet gegessen, es wäre geschmolzen", erklärte er, nun doch mit einem schmollenden Zug um die Lippen.
„Ich wollte ohnehin keinen Nachtisch", sagte Johanna, während sie ihre Handtasche über den Stuhl hängte. „Und es tut mir Leid, dass du lange warten musstest. Ich habe den Chef von Neumeier Pharma getroffen."
Tom betupfte sein Kinn mit einer Serviette. „Woher kennst du ihn?", fragte er eindringlich.
Sollte sie ihm von dem Stellenangebot erzählen? Eigentlich wollte sie lieber noch ein wenig darüber nachdenken. Ohne Einfluss von außen.
Tom sah sie neugierig an. „Hast du dich dort etwa beworben?", kombinierte er richtig. Dann nahm er über den Tisch hinweg ihre Hände. „Und jetzt hast du bestimmt gerade eine Zusage erhalten! Wirst du die Stelle annehmen? Ich würde mich freuen."
„Ich habe einige Tage Zeit, mich zu entscheiden", sagte sie zögernd. Nun hatte sie doch darüber gesprochen, herausgefordert von seiner Reaktion.
„Überlege es dir gut", sagte Tom. „Ich habe übrigens schon gezahlt. Darf ich dich nach Hause begleiten? Du bist doch auch zu Fuß da, oder? Ich würde dich ungern alleine gehen lassen, weil ich es für zu gefährlich halte."
„Ja, gerne", sagte Johanna. „Und vielen Dank für das Essen."

Als sie vor dem Landgasthof standen, der etwas außerhalb des Dorfes lag, ergriff er ihre Hand.
„Wollen wir über die Wiese gehen? Das wäre eine Abkürzung und schöner als an der Straße entlang."

„Das Gras ist sicher etwas feucht. Meine Schuhe …" Johanna deutete auf ihre cremefarbenen Slingpumps.
„Zieh sie doch einfach aus! Das dürfte bequemer sein. Ich bewundere euch Frauen sowieso, wie ihr mit so hohen Absätzen gehen könnt."
Etwas unentschlossen lief Johanna neben Tom her zum Feldweg. Dann zog sie ihre Schuhe aus und lief im Gras weiter.
Das Gras war kühl und samtweich unter ihren Füßen.
Es roch nach Heu, Grillen zirpten und unzählige Sterne leuchteten am Himmel. Die perfekte Kulisse für einen romantischen Nachtspaziergang.

Die Luft war mild. Johanna war dennoch eigenartig kalt.
Sie spürte, dass auch Toms Hand sich in der ihren immer mehr abkühlte. Er ergriff ihre Hand fester, so dass es Johanna gerade noch angenehm war.
Ihr Herz schlug schneller. Und es war nicht das prickelnde Aufgeregtsein beim ersten Rendezvous. Tom war ihr auf einmal fremd. Was wusste sie schon von ihm? War es nicht sogar gefährlich, mit ihm über einen einsamen Feldweg zu gehen, jetzt, da zwei Morde im näheren Umkreis geschehen waren? Sie kannte ihn doch kaum!
Tom blieb plötzlich stehen. Seine Hand fühlte sich nun auch feucht an und Johanna versuchte sich zu befreien. Es gelang ihr, doch da zog er sie zu sich heran. Er sagte kein Wort. Im fahlen Nachtlicht wirkte sein Gesicht ernst und fremd.
Johanna wollte etwas sagen, doch sie brachte keinen Ton heraus.
„Was ist los?", fragte er leise. „Habe ich dich erschreckt?"
Er war ihr so nahe, dass sie das Erdbeeraroma in seinem Atem wahrnahm. „Ich muss gestehen …"
„Was?", fragte Johanna und ihre Stimme war ganz rau vor Anspannung.
„Ich … bin fürchterlich nervös", gestand er. „Ich glaube, ich habe mich verliebt. Endlich wieder. Und das macht mich unsicher.
Du bist mir schon aufgefallen, als ich dich damals vor dem Supermarkt traf. Erinnerst du dich noch?"
„Ja", flüsterte sie.
„Vielleicht habe ich endlich eine Chance", sagte er.

Es irritierte Johanna, dass er nicht „wir“ sagte. War er so von sich überzeugt oder glaubte er, sein Charme und sein Aussehen reichten aus, um jede Frau zum Schwärmen zu bringen? Immerhin schienen die meisten weiblichen Wesen bei seinem Anblick tatsächlich so zu reagieren.
Bevor sie antworten konnte, zog er sie noch näher an sich heran und küsste sie. Es war eine sanfte Begegnung ihrer Lippen. Die Kälte war verflogen, er hielt sie mit warmen Händen, die zärtlich ihren Rücken berührten. Als er sie noch einmal küsste, löste sich ihre Anspannung und sie erwiderte den Kuss.
Den restlichen Weg schwiegen sie. Tom brachte sie bis vor die Haustür. Dort küsste er ihre Stirn. Ein Hauch nur und doch wie ein Versprechen.
„Wann sehe ich dich wieder?“, flüsterte er.
Johanna hielt einen Augenblick inne. Hatte sich da im Dunklen nicht etwas bewegt, direkt neben dem Haus der Gschwenders?
„Lass uns telefonieren!“, bat Johanna ebenfalls flüsternd. „Ich muss erst sehen, wann genau meine Großmutter mich braucht.“
„Und unser Ausflug am Wochenende?“
„Gerne, aber meine Großmutter geht vor. Verstehst du, ich bin hier, um sie zu betreuen, das ...“ Johanna brach ab. Nun war sie sicher, dass jemand um das Nachbarhaus schlich. Sollte sie Tom davon erzählen?
„Natürlich, das geht vor“, sagte Tom verständnisvoll. „Ruf mich einfach an oder komme kurz vorbei! Ich wohne in dem gelben Haus gleich neben der Apotheke.“
„Gute Nacht“, flüsterte Johanna. Sie sah Tom nach, wie er die Straße entlangging.
Da knackste etwas auf dem Grundstück gegenüber! Jetzt erkannte Johanna eine große Gestalt, die sich aus dem Schatten des Wohnhauses löste. Paul!
Sie winkte ihm erleichtert zu. Ein vertrauter Mensch!
„Paul, bist du immer noch fleißig?“, fragte sie leise, gerade laut genug, dass er sie hören konnte.
„Gute Nacht, Hanna“, sagte er und verschwand sofort im Haus.

Schlaflos lag er im Bett. Immer wieder wälzte er sich herum.
Es war sehr warm und stickig im Zimmer, doch das störte ihn nicht.
Er dachte nur an sie.
Er hatte sie gesehen. Doch da waren so viele andere.
Wie sollte es ihm gelingen, noch andere Gedanken zu fassen?
Seine Hände verkrampften sich. Er biss sich in die Faust, so fest, als müsste er eine harte Schale durchbrechen und es dauerte lange, bis er den Schmerz spürte.
Ein bisschen musste er noch warten. Doch dann würde sie ihm gehören.
Endlich nur ihm.
Nur noch ein bisschen warten …

Hauptkommissar Kremmel rieb sich die Augen. Ein langer Tag und ein anstrengender Abend lag hinter ihnen. Verstohlen sah er auf die Armbanduhr und dann zu seinem jungen Kollegen. Er beneidete ihn in diesem Augenblick um seine jugendliche Frische, die unbeirrbare Motivation, die auch er selbst am Anfang seiner Karriere entwickelt hatte.

Die Zeugenvernehmung zog sich in die Länge. Kremmel hatte den Eindruck, dass die Herren vom Verein den Termin als willkommenen Anlass für einen Plausch jenseits der häuslichen Enge sahen. Mal davon abgesehen, dass alle mit fadenscheinigen Entschuldigungen bis zu einer Stunde zu spät gekommen waren, ergab die Befragung nichts. Ernüchtert und müde notierte er Stichpunkte und reichte sie Gabi Leinert, die diese Informationen sofort in ihr Notebook übertrug.

Florian sprach gerade mit dem Vorstand des Schützenvereins, Georg Moosbichler, der mit verschränkten Armen und demonstrativ gelangweilt weit nach hinten gelehnt auf dem Wirtshausstuhl saß. Seine rotblonden Haare waren bereits gelichtet, dafür wuchs das Barthaar offensichtlich umso üppiger. Der Vollbart war gepflegt, hingegen schien das Haupthaar zu lang.

„Soso, du bist jetzt also a' Kripobeamter", stellte Moosbichler fest und Florian bemühte sich, den höhnischen Unterton zu überhören.

„Wie sich Menschen entwickeln!" Er lachte dröhnend auf. „Da hätte ich ja keinen Cent drauf verwettet. Du hast dich ja früher nie auf

unseren Hof getraut, bloß weil unser Hugo gebellt hat. Dabei war das so a' nettes Viecherl."
„Soweit ich mich erinnere, hat Hugo sogar Sie gebissen", bemerkte Florian trocken. Er hielt sich an seinem Kugelschreiber fest, um seinen Ärger abzuleiten.
Moosbichler ignorierte die Feststellung. „Sind mir jetzt per Sie?", fragte er stattdessen, kratzte sich am Bart und dann neben der Brusttasche seines grob karierten Hemdes.
„Waren wir je per Du? – Herr Moosbichler, Herr Gschwender gab an, dass Sie ein großes Waldstück von ihm erwerben wollten und er ablehnte. Stimmt das?"
Eine steile Falte bildete sich über der Nasenwurzel, bevor Moosbichler antwortete. „Ja, und?"
„Hat Sie das sehr geärgert? Und wozu wollten Sie den Wald?", bohrte Florian weiter.
„So depperte Fragen hat mir schon lange keiner mehr gestellt! Wozu kauft ein Landwirt Wald? Um seinen Besitz zu vergrößern und das Holz zu nutzen." Moosbichler sah Florian giftig an und seine graugrünen Augen wirkten dabei wie Glasmurmeln.
„Der Max ist halt ein sturer Hund und hat nicht verkauft. Geärgert hat mich das schon!", gab er schließlich zu.
„Kannten Sie Jana Mellnicék?", fragte Florian.
Moosbichler zögerte. „Was heißt kennen? Die hat hier bedient. Mehr nicht."
„Ihr Vereinskollege gab an, dass Sie Jana gerne an den Po gefasst hätten", warf Florian ihm provokativ entgegen und fixierte sein Gesicht, während er auf dessen Antwort wartete.
Georg Moosbichlers Gesichtszüge blieben regungslos, doch die Glasmurmel-Augen veränderten sich und der Blick wurde trüb wie altes Fensterglas. „Was willst du mir unterstellen?", fragte Moosbichler aggressiv und lehnte sich weit nach vorne, so dass er seine kräftigen Arme auf den Tisch legen konnte, hinter dem Florian saß.
„Nichts, es geht um Tatsachen. Hatten Sie ein Verhältnis mit der jungen Frau?", fragte Florian ruhig.
„Nein", zischte Moosbichler wie eine Kobra in Bedrängnis.
„Und Sie wollten Herrn Gschwender auch nichts heimzahlen?"

Moosbichler schob sein Unterkiefer nach vorne und starrte Florian an. Sekunden später fing er dröhnend an zu lachen.
Kremmel, der gerade mit einem Waldarbeiter sprach, sah zu ihnen hinüber. „Kann man mitlachen?", fragte er mit scharfer Stimme.
„Jetzt weiß ich, auf was du hinaus willst", gluckste Moosbichler. „Du meinst ich habe Jana umgebracht und dann dem Gschwender in den Wald gelegt, um ihm heimzuzahlen, dass er nicht verkauft? – Sag mal, sind alle bei der Kripo so verdreht im Kopf?"
„Wir gehen jedem Verdacht nach", sagte Florian beharrlich.
„Weißt', was ich glaube? Ihr wisst gar nichts! Und ich sage dir eins: Von uns hier im Dorf war das keiner, weil wir alle ehrenwerte Leute sind." Moosbichler stand auf. „Ich habe nichts mehr zu sagen. Morgen muss ich früh raus. Ich gehe einer anständigen Arbeit nach und jede Kuh bei mir im Stall hat mehr im Hirn, wie du!" Ein wurstdicker Zeigefinger deutete auf Florian. Doch Moosbichlers Hand zitterte, immerhin.
„Schluss mit Beleidigungen!", rief Kremmel und stand auf.
„Keiner hat behauptet, dass Sie keiner anständigen Arbeit nachgehen. Sie können jetzt nach Hause."
„Wann ich heimgehe, bestimme ich!", rief Moosbichler und bemerkte seinen Widerspruch offensichtlich nicht. Er ging mit schlurfenden Schritten zur Tür und verließ den Nebenraum grußlos, vergaß aber nicht, die Tür lautstark zu schließen.
„Kann ich jetzt auch gehen?", fragte ein junger Mann, der vor Kremmels Tisch saß.
„Ja, danke. Wir haben vorerst keine Fragen mehr", sagte Kremmel.
Florian setzte sich scheinbar ruhig auf seinen Stuhl, doch innerlich war er aufgewühlt und wütend. So sehr, dass er am liebsten alle Utensilien mit einem einzigen Handgriff vom Tisch gefegt hätte.
„Unser letzter Zeuge für heute hat einen wertvollen Hinweis geliefert", sagte Kremmel und deutete mit der Hand auf den Stuhl, auf dem gerade noch der junge Mann gesessen hatte.
„Er ist Forstarbeiter und hat drei Mal beobachtet, wie Jana von einem Mann mit einem PKW von der Arbeit abgeholt wurde. Einmal hat ihn das Fahrzeug so geschnitten, dass sich Herr Furtler, der Zeuge, das Kennzeichen gemerkt hat. Es ist ein Tschechisches Kennzeichen.

Gleich morgen Früh können wir den Halter ermitteln." Kremmel sah auf die Uhr.
Florians Wut war plötzlich wie weggeblasen. Er sah Kremmel an. „Ich mache das heute noch und fahre gleich ins Büro."
Kremmel lächelte müde. „Wenn du unbedingt meinst."
„Soll ich dir helfen?", fragte Gabi und klappte ihr Notebook zu.
„Nicht nötig", meinte Florian. „Aber ich nehme dich gerne mit in die Stadt."

„Ist es hier?", fragte Florian und sah suchend durch die Frontscheibe des Autos, während er den Wagen abbremste.
„Ja, gleich der Hauseingang dort vorne", bestätige Gabi und löste den Gurt.
„Wohnst du schon lange hier?", wollte er wissen, den Blick immer noch auf das große unpersönliche Appartementhaus gerichtet.
„Seit genau drei Monaten, zwei Wochen und vier Tagen", gab sie Auskunft und lächelte ihn an.
Verwundert wandte er sich ihr zu und lächelte ebenfalls.
„So genau weißt du das?"
„Ja, so lange ist es her, dass ich mich von meinem Freund getrennt habe", sagte sie. „Magst du noch mit auf einen Espresso mit zu mir? Dann kannst du dich überzeugen, dass es im Haus schöner ist, als es von außen den Anschein hat."
„Das glaube ich gerne, aber ich möchte noch ins Büro", wich er aus.
„Verstehe", murmelte sie und griff nach ihrer Tasche. Dann legte sie plötzlich ihre Hand auf sein Knie und sah ihn an. „Bist du immer so verbissen bei der Arbeit? Schließlich muss man sich auch mal entspannen, dann kommen wieder gute Ideen. Zumindest geht es mir so." Sie lächelte ihn zärtlich an.
Florian atmete tief und kaum hörbar ein. „Du hast bestimmt Recht. Aber wir haben Druck von oben und außerdem …"
Gabi entfernte die Hand nicht, strich sanft und langsam ein wenig in Richtung Oberschenkel. „Außerdem?", fragte sie leise.
„Möchte ich den Fall gerne aufklären", fügte er hinzu.
Ihre Hand war inzwischen im oberen Bereich des Oberschenkels angekommen.

Florian legte seine Hand auf die ihre. Es widerstrebte ihm, hier und jetzt ihre Hand zu berühren, aber er wollte verhindern, dass sie mit ihrer Annährung noch weiter gehen würde.
Sie verstand seine Reaktion falsch und beugte sich weiter zu ihm, schmiegte sich an seinen rechten Oberarm. Ihr Gesicht war ganz nah, als er sich zu ihr wandte. Im fahlen Schein der Straßenlaterne glänzten ihre dunklen Augen voller Leben und keine Spur müde. Ihre sinnlichen, vollen Lippen waren bereit, ihn zu küssen, sobald er sich nur ein paar Zentimeter weiter zu ihr hinüber beugte.
Florians Puls beschleunigte sich. Die Chance, die sich ihm bot, überforderte ihn. Obgleich er natürlich die Attraktivität seiner Kollegin bemerkt und auch gespürt hatte, dass sie ihm Avancen machte, hatte er nie darüber nachgedacht, ob er all das annehmen mochte. Sie machte ihn nicht nervös. Musste es nicht so sein, wenn man sich verliebte? Vielleicht hatte er versäumt, es zuzulassen.
„Gabi, hör mal", begann er sanft. „Ich muss noch ins Büro. Sei nicht böse!"
Ihr Lächeln erlosch. „Ich bin nicht böse", log sie. „Hast du am Wochenende Lust, etwas mit mir zu unternehmen?"
Ihr Herz raste, als sie auf seine Antwort wartete.
Er ließ sich Zeit und das machte sie wütend.
„Also nicht. Na, dann. Gute Nacht!", sagte sie mit spröder Stimme.
„Warte!", rief Florian.
Sie ließ den Türgriff wieder los und lächelte erwartungsvoll.
„Ich muss noch darüber nachdenken", sagte er wenig einfühlsam.
Sie nickte bedächtig.
„Es stimmt wohl, was meine Freundinnen sagen", bemerkte Gabi sarkastisch. „Jungs von der Kripo sind beziehungsunfähig! Sie wollen nicht mal ein nettes, unverbindliches Date."
„Das ist doch Quatsch!", sagte Florian wütend. „Ich war schon ein paar mal mehr oder weniger lang glücklich liiert."
„Jetzt auch?", fragte sie lauernd.
„Ich bin seit einem Jahr solo. Aber …".
„Aber was?", bohrte Gabi. „Stress im Job?" Sie sah ihn herausfordernd an, hoffte auf eine Bestätigung, die nicht mit ihr zu tun hatte.
Florian schüttelte müde den Kopf.

Gabi biss sich auf die Lippen. „Eine andere?“, fragte sie leise.
„Kann sein“, wich er aus.
Gabi riss die Wagentür auf. „Oh Gott!“, sagte sie mit schriller Stimme. „Die Erwählte weiß es offensichtlich noch nicht einmal? Hoffentlich bist du bei den aktuellen Ermittlungen erfolgreicher!“
Schwungvoll stieg sie aus und warf grußlos die Beifahrertür zu.

Er wusste, dass sie ihn fieberhaft suchten.
Sie tappten im Dunklen.
Trotzdem musste er auf der Hut sein.
Es war Zeit zu handeln. Vorsichtshalber jetzt schon.
Er brauchte einen perfekten Plan. Diesmal würde es schwieriger werden.
Es durfte nichts schief gehen.
Aber all das würde sich lohnen.

Florian Wallner und Werner Kremmel hatten sich auf den Weg nach Tschechien gemacht, um sich mit den dortigen Kollegen auszutauschen. Budweis empfing die beiden mit wolkenlosem Himmel.
Karél Swobat und Emil Rebacêc empfingen sie am Nachmittag freundlich. In einem englisch-deutschen Sprachgewirr versuchten die vier Kriminalbeamten herauszufinden, ob es in Tschechien am Rande der Grenze zu Deutschland ähnliche Fälle gab und ob Daten zu Vermisstenanzeigen vorlagen.
Werner Kremmel legte den beiden tschechischen Beamten auch Fotos von den Tatorten vor. Vielleicht gab es winzige Details, die sich mit ihren Fällen deckten.
„In zwei Jahren gehe ich in Ruhestand“, sagte Swobat. „Was glauben Sie, was ich schon erlebt habe. Verzweifelte Eltern junger Mädchen, die unser schönes Land verlassen und im westlichen Europa das große Glück – also Geld – suchen. Und es gibt Mädchen, die gar nicht vermisst werden. Den Eltern reicht es schon, ab und zu Geld mit der Post zu erhalten. Alles Weitere interessiert sie nicht.“
„Dürften wir trotzdem Ihre Vermisstenkartei durchsehen?“, bat Florian Wallner. „Vielleicht gibt es ja noch einen Hinweis.“

„Natürlich", antwortete Swobat mit einer einladenden Handbewegung zu dem PC hinter ihm. „Suchen Sie! Mein junger Kollege hilft Ihnen."

Werner Kremmel fixierte das Gesicht des jungen Mannes. Ihm war nicht entgangen, dass Rebacêc etwas zu wissen schien.
Emil spürte den prüfenden Blick. Er sah Kremmel an.
„Das ist Jana Mellnicék", sagte er schließlich sehr zögernd, so als müsse er sich dazu zwingen. „Sie werden sie nicht in der Datei finden. Niemand hat sie als vermisst gemeldet. – Sie ist ... sie war die Verlobte meines Freundes. Die Autonummer gehört zu seinem Wagen und seine Adresse haben Sie ja bereits. Sonst wären Sie wohl nicht hier."
Emil stockte, räusperte sich und sprach dann mit leiser Stimme weiter. „Irgend so ein Deutscher hat ihr den Kopf verdreht. Mein Freund hat versucht, sie wieder nach Hause zu holen. Sie gehörte doch hierher nach Budweis! Er baute doch schon an einem Haus für sie beide ..."
„Und gelang es ihm, Jana zu überreden? Oder hat sie sich geweigert?", fragte Kremmel eindringlich.
„Mein Freund hat sie nicht umgebracht!", fuhr Emil Rebacêc hoch. „Das meinen Sie doch, oder?"
Der junge Mann hatte große Mühe, seine Wut zurückzuhalten, und er versuchte gar nicht erst seine Abneigung gegen die deutschen Kollegen zu verbergen.
Werner Kremmel stand ebenfalls auf. Er sah verletzt aus und unter seinem Mund bildete sich eine tiefe Falte, die ihn plötzlich viel älter aussehen ließ.
„Nein! Wie kommen Sie darauf? Ich habe auch einmal meine Verlobte an einen anderen verloren. Er war noch dazu ein so genannter enger Freund", gestand Kremmel. „So etwas trifft bis tief ins Mark. – Wusste Ihr Freund, wo Jana sich genau aufhielt?"
Rebacêc schwieg. Er starrte Kremmel nicht mehr so ablehnend an, doch seine braunen Augen funkelten trotzig.
Florian sah Kremmel erstaunt an. Sein Chef hatte ihm gegenüber noch nie erwähnt, dass er einmal heiraten wollte.
„Unser Job lässt sich nicht mit einer Familie vereinbaren", pflegte er zu sagen, wenn es gerade passte.
„Natürlich wusste er es", sagte Rebacêc leise.

Florian ahnte plötzlich, was sein tschechischer Kollege erzählen würde. „Sie hat bei einem Wirt gearbeitet. Ein komischer Name – aber ich habe ihn mir merken können: Ettengruber. Dort hat sie ihn auch kennengelernt. Jana wollte ihn heiraten, hat aber nicht verraten, wer er ist."
Emil Rebacêc zuckte mit den Schultern. „Sie schwieg wie ein Grab – und jetzt liegt sie auch in einem."
„Können wir Ihren Freund sprechen?", fragte Kremmel ungewohnt kraftlos. Er fürchtete, von Rebacêc keine Antwort zu erhalten.
„Er lebt nicht mehr hier. Seit sechs Monaten arbeitet er in Italien. Als Kellner in einem Clubhotel auf Sizilien. – Und er hätte Jana nie im Leben etwas angetan, obwohl sie ihm das Herz gebrochen hat."

Im Raum war es plötzlich still. Und obwohl es drückend schwül war, fühlte Florian eine eigenartige Kälte in seinen Gliedern.
Er musste unbedingt schnellstmöglich noch einmal mit dem Wirt sprechen, die Fotowand noch genauer studieren. Vielleicht hatte er beim ersten Betrachten etwas übersehen?
„Suchen Sie den Mörder lieber bei sich zu Hause", sprach Rebacêc seine Überlegungen aus und sah dabei Florian an, als könne er dessen Gedanken lesen.
„Das machen wir!", antwortete Hauptkommissar Kremmel.
„Aber eine Zeugenaussage von Janas Verlobten brauchen wir trotzdem. Bitte nennen Sie uns die Daten des Clubhotels."
Emil Rebacêc nahm einen Notizzettel und schrieb eine Telefonnummer und den Hotelnamen auf. Dann reichte er das Stück Papier an Kremmel weiter. „Viel Glück. Finden Sie diesen perversen Typen. Bitte! Wann immer wir helfen können – rufen Sie an!"

Die erste Tote blieb weiterhin ein unbekanntes Opfer. Zumindest bei den tschechischen Behörden war nichts über sie gemeldet, nichts registriert.
Niemand schien die junge Frau zu vermissen. Weder in Deutschland noch in Tschechien.
„Was sind das nur für Menschen?", brummte Kremmel auf dem

Heimweg. „Angehörige, die ihr Kind, ihre Schwester, ihre Freundin nicht vermissen? – Die müsste man eigentlich auch bestrafen."
Kremmel drückte eine Hand gegen seinen Bauch und stöhnte leicht auf.
„Ist etwas? Geht es dir nicht gut?", fragte Florian sofort.
„Doch, doch. Wahrscheinlich habe ich das Kantinenessen nicht vertragen. – Warum fährst du eigentlich so schnell?"
Florian starrte auf die nächtliche Landstraße. Seine Nervosität war Kremmel, dem alten Fuchs, schon längst aufgefallen.
„Das ist doch meine … unsere Aufgabe, Mordfälle aufzuklären. Wenn in der Nähe meines Heimatdorfes junge Frauen ermordet werden, spornt es mich noch mehr an, den Mörder zu finden", erklärte Florian. „Und ich habe das beklemmende Gefühl, dass wir uns beeilen müssen, damit es nicht noch eine dritte Tote gibt."

„Was kochst' uns denn heute Mittag?", fragte Johannas Großmutter und sah kurz von der Zeitung hoch, die vor ihr auf dem Küchentisch lag.
„Milchreisauflauf", antwortete Johanna abwesend.
„Fein! Sei so lieb und mach mir dann einen Kaffee dazu", freute sich Hermine.
Johanna verkniff sich ein „Oma, du weißt doch …" Sie mochte nicht wieder als Moraltante bezeichnet werden. Stattdessen murmelte sie: „Gerne, du bekommst deinen Kaffee."
Als Johanna die Packung mit dem Milchreis aus dem Küchenschrank holte, entglitt sie ihr. Mit einem lauten „Patsch!" schlug sie auf dem Boden auf und platzte. Unzählige Reiskörner verteilten sich über die Bodenfliesen.
„So ein Mist!", schimpfte Johanna und holte die Kehrschaufel.
„Warum bist du so schusselig?", fragte Oma ruhig und blickte über den Brillenrand hinweg ihre Enkelin an. „Du kommst mir so zerstreut vor wie die Reiskörner. Ich beobachte dich schon eine ganze Weile. Was ist los?"
„Du hast recht", murmelte Johanna. Sie legte die Kehrschaufel neben den Körnerberg und setzte sich zu Oma an den Tisch.

„Ich habe von Neumeier Pharma ein Jobangebot bekommen“, sagte sie. „Und bis Freitag muss ich mich entscheiden.“
Hermine krauste die Nase und schien offensichtlich nachzurechnen. „Heute ist Donnerstag. Wann also willst du dich entscheiden?“, fragte sie trocken.
„Das ist es ja“, rief Johanna. „Ich möchte und ich möchte auch nicht.“
Oma lehnte sich in ihrem Stuhl zurück und lächelte.
„Du hast also eine Zusage. Dachte ich's mir doch.“
„Naja“, wich Johanna aus. „Es sollte mehr ein Test sein, eine Art Training. Schließlich geht man nicht alle Tage zu einem Bewerbungsgespräch.“
„Das stimmt. Aber hast du es denn nötig zu trainieren, bei deinen Zeugnissen und deinem tadellosen Auftreten? Vom Aussehen ganz zu schweigen. Schließlich bist du meine Enkelin.“
Johanna lachte herzhaft los. „Ach Oma“, entfuhr es ihr. „Kannst du denn nicht mal ernst bleiben?“
„Mein ganzes Leben war ernst!“, protestierte die Hochbetagte. „Gerade deshalb musste ich Humor entwickeln. – Du solltest dich mehr entspannen. Ehrlich gesagt hatte ich gehofft, dass du hier aufblühst. Aber das Gegenteil ist der Fall.“ Hermine sah sie prüfend an.
„Es gibt so viele Erinnerungen“, flüsterte Johanna. „Und dann die Morde. Irgendwie beschäftigt mich das alles ständig. Neulich war ich beim Ettengruber. Ich habe an dich gedacht, an dein Gespräch mit der Tschechin.“
„Ja, das ist allerdings tragisch“, brummte Oma. „Aber meinst du nicht, dass sich dein Florian bemühen wird, den Täter zu finden?“
„Was heißt hier ‚mein' Florian'?“, brauste Johanna auf. „Er ist nicht ‚mein' Florian! Damit du es weißt, ich war in männlicher Begleitung beim Ettengruber, mit einem Grundschullehrer aus dem Dorf.“
„Wie schön!“ Oma grinste. „Wieso bist du eigentlich so sauer, wenn ich Florians Name erwähne, wenn er doch gar nichts für dich bedeutet? Ich habe nicht gesagt, dass er dein Geliebter ist, also!“ Das Grinsen wurde noch eine Spur breiter.
Johanna biss sich auf die Lippen.
„Was ist jetzt mit der Stelle?“, hakte Oma etwas ernster nach. „Bei Neumeier Pharma hättest du bestimmt gute Chancen. Man hört wirklich nur Positives. In der heutigen Zeit ist das eher die Ausnahme.

Und der junge Neumeier sieht sehr gut aus."
„Woher weißt du, wie Leon Neumeier aussieht?", fragte Johanna mit leicht schriller Stimme. „Sag nur nicht, dass du auch schon mit ihm im Biergarten warst."
„Nein, mit ihm nicht. Aber mit seinem Großvater."
Johanna sah ihre Großmutter pikiert an.
„Nun schau nicht so! Deine Großmutter war auch mal jung! Und Simon Neumeier war ein hübscher Jüngling, richtig charmant und anders als die jungen Bauernsöhne."
„Du warst verliebt?", fragte Johanna neugierig geworden.
„Naja, so ein bisschen. Damals lief das noch anders zwischen jungen Menschen. Bevor es richtig ernst wurde, ging er nach Regensburg zum Studieren. Er wurde Apotheker. Leider starb er relativ jung und hinterließ eine Frau und einen kleinen Sohn, Leons Vater. Er baute das Pharmaunternehmen auf."
„Dann hat Leon Neumeier wohl etwas von seinem Großvater", stellte Johanna fest. „Aber darum geht es ja gar nicht."
„Ich weiß", sagte Oma. „Wenn du zusagst, bist du wieder an diese Gegend gebunden. Sophia und ich würden uns sehr freuen. Du könntest dir eine kleine Wohnung suchen und wärst in der Nähe. München ist zwar nicht aus der Welt, aber fühlst du dich in der Großstadt wirklich wohl?"
„Eigentlich nein", sagte Johanna. „München ist eine wunderschöne Stadt. Aber mich zieht nichts zurück. Vielleicht liegt es daran, dass es außer Ulla keinen Menschen gibt, der mir nahe steht. Nicht mehr."
„Wo liegt dann das Problem?", wollte Oma wissen.
„Ulla hat mir einen Bewerbungstipp bei einer Versicherung gegeben. Vielleicht sollte ich …"
Oma lachte. „Eine Versicherung? Die bauen doch auch überall Stellen ab. Heute top, morgen ohne Job. Ist das nicht nur eine Ausrede von dir?"
„Nein, ich …" Johanna stand auf. „Ich muss jetzt mit dem Kochen anfangen."
„Siehst du! Genau das meine ich!", rief Oma.

Ein penetrantes Geräusch riss Florian aus dem Schlaf. Benommen sah er sich in seinem Schlafzimmer um.

Das Telefon!
Er streckte sich zum Beistelltisch neben dem Bett und nahm das Diensthandy in die Hand.
„Ja?“, brummte er verschlafen.
„Kremmel hier. Habe ich dich aus dem Bett geholt?“
„Kann man sagen. Wie spät ist es?“
„Gleich zehn Uhr morgens. Wie lange warst du noch im Büro?“
„Bis drei Uhr“, sagte Florian. „Ich habe …“
„Schon gut. Darum geht es nicht. Ich muss mich für heute krank melden“, unterbrach ihn Kremmel. „Irgend so ein Darmvirus hält mich in meiner Wohnung fest. Vielleicht nimmst du dir heute den Ettengruber noch mal vor.“
„Das hatte ich ohnehin geplant. Gute Besserung, Chef!“
„Unkraut vergeht nicht“, brummte Kremmel.
„Herr Ettengruber ist nicht da“, gab der junge Ober in der adretten dunkelgrünen Weste Auskunft. „Er hat heute eine ambulante Augenoperation und kommt erst in zwei Tagen wieder. Kann ich Ihnen weiterhelfen? Ich bin sein Stellvertreter.“
„Vielen Dank“, sagte Florian. „Aber ich müsste ihn persönlich sprechen. Wenn er wieder da ist, soll er mich bitte anrufen.“
„Hat Herr Ettengruber Ihre Nummer?“
„Ja. Sie haben doch nichts dagegen, wenn ich mir die Fotowand noch einmal genauer ansehe?“, fragte Florian.
„Von mir aus gerne“, antwortete der Ober. „Entschuldigen Sie mich bitte, ich habe zu tun. Sie finden mich im Büro gleich bei der Küche.“
Als Florian alleine im Gastraum vor den vielen Fotos stand, versuchte er sich auf jede Aufnahme zu konzentrieren. Gab es einen winzigen Hinweis? Er fixierte Foto für Foto. Er war schon fast am Ende der Bildergalerie. Es gab absolut nichts Auffälliges.
Plötzlich hielt er inne. Das kleine Foto ganz am Rand. Er starrte darauf und sein Puls schlug augenblicklich schneller.
Das war es!
Florian drehte sich um. Niemand sah ihn, keiner würde bemerken, dass er das Foto entfernte.
Schnell ließ er es in der Brusttasche seines Baumwollsakkos verschwinden.

Er verließ rasch den Landgasthof. Nun hatte er einen Hinweis, der ihn vielleicht sogar zum Mörder führte. Sein Puls dröhnte in seinem Kopf. Es blieb keine Zeit mehr, seinen kranken Chef zu informieren. Florian würde alleine handeln müssen. Denn während er zum Auto lief, wurde ihm bewusst, dass sich der Täter sein neues Opfer bereits ausgesucht hatte.

Johanna hatte den frühen Vormittag genutzt, um mit dem Bike zu fahren. Sie wollte ihren Kopf frei bekommen und das gelang ihr am besten, wenn sie sich körperlich, auf dem Fahrrad, verausgabte.
Sie hatte mit Frau Mack telefoniert und Oma hatte sie losgeschickt.
„Du musst dich heute entscheiden. Fahr zu, ich komme schon mit Frau Mack klar. Und komme mir ja nicht ohne Lösung nach Hause!"
Oma hatte ihren Gehstock drohend gehoben, doch aus ihren Augen blitzte es schelmisch.
Johanna genoss die klare Luft und fuhr auch über Forstwege, diese allerdings beschleunigt. Als sie an der Koppel der Gschwenders vorbeikam, sah sie sich um. Es war nichts Auffälliges zu sehen.
Die zutrauliche Stute nahm ihre Witterung auf.
„Wenn sie mich erkennt und zu mir kommt, nehme ich den Job an", flüsterte Johanna. Sie hatte noch nie orakelt, doch sie wollte sich hier und jetzt entscheiden.
Die Stute trabte auf sie zu und schnaubte. Johannas Herz schlug schneller.
„Du meinst also, ich soll bleiben?", fragte Johanna lachend.
„Wahrscheinlich hast du Recht. Ich habe das alles hier vermisst.
Herr Neumeier und mein zukünftiger Abteilungsleiter scheinen sehr nett zu sein. Nach München kann ich immer noch gehen, wenn etwas schief geht. Aber wieso sollte es?"
Wieder schnaubte die Stute, als wolle sie antworten. Dann stupste sie Johanna am Arm.
„Ich habe nichts dabei. Aber das nächste Mal bringe ich dir etwas Leckeres mit, versprochen."
Auf dem Heimweg kam Johanna an der Neumeier-Villa vorbei. Ein silberner Sportwagen stand vor der Garage und ein Lieferwagen am

Straßenrand. „Raumausstattung Siegbert“ stand in schwarzen Lettern an der Wagenseite, darunter eine Telefonnummer.
Johanna lächelte und stellte sich Leon Neumeiers Lebensgefährtin beim Gespräch mit dem Raumausstatter vor.
Dann trat sie wieder fester in die Pedalen und freute sich auf das Gespräch mit Herrn Neumeier. Sie würde gleich nach ihrer Rückkehr mit ihm telefonieren. Und Oma würde sicher glücklich über ihre Entscheidung sein.

Vor der Bäckerei traf sie Lena.
„Wie geht es Lilly?“, rief Johanna schon von weitem.
Lena winkte ihr erfreut zu.
„Gut, danke! Sie hat sich wieder erholt. – Sei nicht böse, ich bin in Eile“, sprudelte Lena hervor. „Ich muss noch zur Apotheke. Stell dir vor, Herr Buchner war gestern mit den Kindern im Wald. Er rief bei allen Eltern an, die nicht verreist sind, und lud die Kinder ein zu einem Picknick. Dann sammelte er mit ihnen Kräuter, Beeren und Pilze. Toll, nicht? Was für ein Lehrer! – Allerdings hat sich mein Sohnemann gleich vier Zecken eingefangen! Zum Glück habe ich alle gestern noch entdeckt. Leider hat sich ein Stich entzündet.“
Lena winkte Johanna zu und stieg in ihr Auto. Dann rief sie noch durchs offene Fenster. „Ich rufe dich heute Abend an. Du musst mir unbedingt vom Seefest berichten!“
Johanna stieg von ihrem Fahrrad und betrat den Bäckerladen.
Als sie mit der Tüte Semmeln langsam durchs Dorf fuhr, fühlte sie sich seltsam bedrückt.
Tom Buchner war also ein Mann der Superlative: gut aussehend, charmant, intelligent, offensichtlich Kinder liebend und engagiert. Doch da war etwas, das sich wie eine beginnende Migräneattacke schmerzlich in ihrem Kopf ausbreitete. Es war kein physischer Schmerz wie ihre verhasste Migräne, sondern ein Seelenschmerz, der anschwoll wie ein Insektenstich. Es war ein quälender Verdacht! Konnte es da einen Zusammenhang geben?
Offensichtlich kannte sich Tom Buchner gut mit Pflanzen und Pilzen aus. Wer wüsste über Giftpilze genau Bescheid, wenn nicht er? Hatte er etwas mit den Morden zu tun?

Johannas Hals war plötzlich trocken. Sie begann zu schwitzen, obwohl sie ganz langsam fuhr. Tom hatte ihr beim gemeinsamen Essen sogar davon erzählt, dass er schon ein paar Mal verliebt gewesen war. Konnte sie ihm trauen und mit ihm einen Ausflug machen, noch dazu in einen Wald? Denn auch der beliebte Rundwanderweg durch den Nationalpark war streckenweise recht einsam.

Als wäre dieser Verdacht nicht erdrückend genug, erinnerte sie sich plötzlich an die Neumeiersche Villa. Auch Leon Neumeier war schließlich Spezialist im Bereich der Pflanzenkunde! Mehr noch, er hatte Pharmazie studiert und kannte sich bestens in der Wirkweise von Pflanzengiften aus! Johanna zitterte vor Erregung.

Plötzlich drängte sich ihr der scheinbar einzige Lösungsweg auf: Sie musste Florian über ihren Verdacht informieren. Sie hoffte, dass Florian mit einer Befragung alle Zweifel ausräumen konnte. Oder zumindest bewirkte, dass Tom, sollte er der Täter sein, einen Fehler machte.

Johanna stellte das Bike in die Garage und stieg in ihren Wagen. Sie nahm sich nicht einmal mehr die Zeit, die Bäckertüte ins Haus zu tragen. Wenn alles gut ging und sie Florian, dem sie ihren Verdacht unbedingt persönlich übermitteln wollte, in seinem Büro antraf, wäre sie bald wieder zurück.

Der Geschmack des Todes

Wenige Kilometer hinter dem Ortsrand wurde das Fahrzeug langsamer, obwohl Johanna Gas gab. Dann ruckelte das Auto wie ein Autoscooter-Fahrzeug auf dem Jahrmarkt, das von einem anderen unsanft getroffen wurde. Schließlich starb der Motor ab.

„Nein, bitte nicht!“, rief Johanna und sah hektisch in den Rückspiegel. Die Landstraße hinter ihr lag verlassen, sie konnte den Wagen ohne Bedrängnis an den Straßenrand steuern. Zum Glück befand sich hier direkt neben der Straße keine Böschung, sondern eine große Weidefläche.

Johanna stieg aus und holte das Warndreieck aus dem Kofferraum. Sie entfaltete es und stellte es in einiger Entfernung auf. Dann ging sie ratlos zurück zum Wagen.

Was sollte sie tun? Ein Blick in den Motorraum würde ihr so wenig Aufschluss bringen wie der Versuch, eine japanische Bedienungsanleitung zu entziffern. Sie musste zum ersten Mal in ihrer Autofahrerkarriere den ADAC anrufen. Gerade als sie ihr Handy aus der Rückentasche ihres Biketrikots gezogen und im Display nach der Nummer gesucht hatte, näherte sich mit großer Geschwindigkeit ein Wagen. Als dieser an ihr vorbei fuhr, hupte er plötzlich, wurde langsamer und blieb in einiger Entfernung ebenfalls am Straßenrand stehen.

Das Hupen hatte Johanna erschreckt und nun wartete sie gespannt, aber auch nervös, was weiter geschehen würde.

Ein Mann stieg aus und winkte.

Johanna kniff die Augen zusammen. Dann erkannte sie ihn. Sie winkte erleichtert, lachte ihn an.

„Das nenne ich Glück!“, murmelte sie, schaltete das Handy aus und legte es neben die Bäckertüte auf den Beifahrersitz.

Er lächelte, während er auf sie zuging.
Sein Plan schien aufzugehen. Besser als er zu hoffen gewagt hatte.
Endlich gehörte sie ihm.

Als Johanna bei ihm im Wagen saß, bot er ihr eine kleine Flasche Mineralwasser an. Dankbar nahm sie diese entgegen und trank durstig daraus.
Wenige Minuten später schien es, als ob sich die Welt um sie drehte. Vor ihren Augen verschwamm die Landschaft, als hätte man sie in Aquarelltechnik nachgezeichnet.

Jemand summte leise. Es war eine fröhliche Melodie. Immer wieder berührte sie jemand zärtlich an den Wangen. Johanna versuchte ihre Augen zu öffnen, doch sie waren bleischwer. Es gelang ihr auch nicht, sich zu bewegen.
Panikerfüllt wollte sie etwas sagen, aber sie war dazu nicht fähig. Ihr Herz raste. Benommen schlief sie wieder ein.

Als Johanna erwachte, war es still und dunkel um sie herum. Wo war sie? Es roch irgendwie vertraut und doch fremd. Langsam wurden die Konturen um sie herum deutlicher. Etwas raschelte. Johanna zuckte zusammen. Sie konnte sich wieder bewegen!
Die Freude darüber währte nur kurz, denn jetzt hörte sie leise Schritte! Johanna blinzelte und starrte in den dämmrigen Raum. Ihr Herzschlag dröhnte so laut, dass sie fürchtete, man könnte es wirklich hören.
Eine große Gestalt näherte sich ihr. Ein Schatten, noch ohne Gesicht.
„Wer ist da?", fragte Johanna. Ihre Stimme klang fremd vor Panik.
Die Worte hallten im Raum wider und blieben unbeantwortet.

Johanna hoffte, dass sie gleich aufwachen würde. Aufwachen aus einem grotesken Albtraum.
Aber die Schritte waren real. Und sie kamen näher! Plötzlich wurde Johanna von einem grellen Licht geblendet. Sie kniff die Augen zusammen und hob abwehrend ihre Hände, um ihre Pupillen vor dem quälenden Strahl zu schützen.
Dann war es wieder dunkel.
Johanna riss die Augen auf, konnte nichts sehen, doch sie spürte, wie sich jemand über sie beugte.

„Wer ist da?“, fragte sie wieder und diesmal war ihre Stimme vor Angst verzerrt. Lediglich ein heiseres Krächzen entschlüpfte ihrer Kehle.
„Du musst keine Angst haben!“, flüsterte eine männliche Stimme. „Du bist doch jetzt bei mir.“
Dann ging das Licht wieder an. Eine Halogentaschenlampe erhellte für Sekunden das Gesicht des Fremden.
Johanna starrte den Mann an.

Hermine Brandner stand am Küchenfenster, gestützt auf ihren Gehstock. Immer wieder seufzte sie und schüttelte kaum merklich den Kopf.
Ein dunkler Wagen fuhr vor. Als Johannas Großmutter Florian Wallner aussteigen sah, atmete sie erleichtert auf.
Florian klopfte an die Haustür und trat vorsichtig ein. Er hatte gehofft, Johanna anzutreffen, und war nun enttäuscht.
„Frau Brandner? Ich bin's, Florian“, rief er extra laut, damit Johannas Großmutter ihn gut hören konnte.
Da wurde die Küchentür auch schon geöffnet.
„Florian, schön, dass du da bist. Ich warte auf mein Hannerl. Sie müsste längst da sein“, sagte die Seniorin besorgt.
„Seit wann ist sie denn außer Haus?“, fragte er und bemühte sich, Ruhe und Sicherheit auszustrahlen.
„Na, seit heute Morgen. So gegen neun Uhr. Sie ist mit dem Fahrrad weg. Hoffentlich ist ihr nichts passiert.“
„Bestimmt nicht, Frau Brandner. Machen Sie sich keine Sorgen. Hat sie denn ihr Handy mitgenommen?“, fragte Florian.
„Ich glaube schon. Wenn es nicht auf der Kommode liegt.“
„Dort liegt kein Handy“, stellte Florian mit einem Blick über die Schulter fest. „Ich werde versuchen, sie anzurufen. Bestimmt hat sie Ihnen die Nummer gegeben.“
„Ja, ja! In der Schublade unter dem Küchentisch“, sagte sie und setzte sich schwerfällig auf ihren Stuhl.
Florian notierte die Nummer.
„Komisch ist das schon“, begann Johannas Oma zögernd.
„Ich hätte schwören können, dass ich gehört habe, wie sie das

Garagentor öffnet. Und ihr Auto ist jetzt auch weg. Nun werde ich wohl wirklich alt. – Sie hat mich noch nie so lange allein gelassen."

Florian starrte die alte Frau an. „Wann war das ungefähr?", fragte er, nun noch mehr bemüht, die Sorge in seiner Stimme zu ersticken.
„Meine Pflegerin war kurz vorher gefahren. Es muss so gegen elf gewesen sein", erinnerte sie sich.
„Ich gehe Johanna suchen", versprach Florian und fügte, auch um sich selbst zu beruhigen, hinzu: „Sie werden sehen, es gibt für alles eine einfache Erklärung."
Mit raschen Schritten ging er zur Garage und öffnete die Tür.
Das Bike stand an den Rasenmäher gelehnt.
Florian drehte sich hastig um, warf die Tür zu und lief zu seinem Dienstwagen. Instinktiv tastete er nach der Dienstwaffe unter seiner Jacke.
Johanna war in Gefahr!
Florian fühlte es und er dachte schauernd an das Foto im Landgasthof. Er musste Johanna finden. Nur wo, verdammt noch mal, sollte er seine Suche starten?

Hilde Gschwender erschien neugierig am Zaun gegenüber. Pro forma sah sie in den Briefkasten, doch es war ihr anzumerken, dass ihre ganze Aufmerksamkeit Florian galt, den sie genau beobachtete.
„Willst du zur Johanna?", rief sie schließlich mit scheinheiliger Freundlichkeit.
„Hast du sie zufällig wegfahren sehen?", fragte Florian statt einer Antwort.
Sie stützte ihre Hände in ihre fleischigen Hüften. „Glaubst du, ich habe nichts anderes zu tun, als aufzupassen, wo sie hinfährt?"
Ohne auf all das einzugehen, rief Florian mit dunkler, drohender Stimme: „Weiß Paul vielleicht etwas?"
Hilde schüttelte den Kopf.
„Das weiß ich doch nicht! Er ist nicht da. Glaubst du, ich spionier meinem Sohn hinterher?"
Florian hastete ohne eine Antwort zum Auto, als Hilde noch nachsetzte: „Wahrscheinlich ist Paul in unserem Wald. Er ist ein fleißiger Bub!"
Florian startete den Wagen und fuhr los. Seine Hände umkrampften

das Lenkrad so fest, dass seine Fingerknöchel weiß hervortraten. „Wo bist du nur?", flüsterte er und seine Stimme klang, als hätte er gerade bittere Medizin geschluckt.

Gabi Leinert saß im Büro und verknüpfte die Daten der Zeugenbefragung mit dem Zentralregister. Ohne den Blick vom Bildschirm abzuwenden griff sie nach der Kaffeetasse, nahm einen Schluck und hielt augenblicklich inne.
Schwungvoll setzte sie die Tasse ab, sodass etwas von dem Milchkaffee über ihren rechten Handrücken schwappte.
Hektisch öffnete Gabi eine Schreibtischschublade, zog ein Kosmetiktuch aus einem Karton und wischte die Hand trocken. Dann griff sie zum Telefon.

Als das Handy klingelte, passierte Florian gerade einen Kreisverkehr. Er hatte versäumt, seinen, wie Kremmel es nannte, Ohrwurm anzulegen und fingerte entnervt nach dem Handy.
„Ja?", meldete er sich schließlich.
„Gabi hier. Wo bist du Florian?", fragte sie.
„Das ist jetzt schwierig zu erklären", entgegnete er.
Sie hielt betroffen inne, verärgert über seinen aggressiven Unterton. „Es gibt da etwas, was du wissen solltest", begann sie schließlich. „Ich bin gerade dabei, alle persönlichen Daten der Zeugen zu prüfen und unser Rechner hat tatsächlich etwas Interessantes gespeichert."
„Mach es nicht so spannend! Was ist es?", forderte Florian, der nun das Ende einer Autoschlange hinter einem ausladenden Mähdrescher erreichte.
„Gegen Georg Moosbichler liegt eine Anzeige wegen Beleidigung und Tätlichkeit gegen einen Händler für Landwirtschaftmaschinen vor. Das ist ein Jahr her. – Aber jetzt kommt es: Vor drei Monaten hat ihn seine eigene Ehefrau Elisabeth angezeigt. Wegen Körperverletzung nach einem Streit. Er hat ihr auch angedroht, sie zu vergiften." Gabi hielt kurz inne. „Bist du noch dran?"
Florian starrte auf den Mähdrescher vor ihm. Nun war er als nächster an der Reihe, um zu überholen.

„Sofort, ich muss nur kurz das Handy weglegen“, sagte er und setzte zum Überholen an. Dann nahm er das Handy wieder zu sich und fragte: „Gibt es weitere Protokollhinweise?“
„Elisabeth Moosbichler gab an, ihren Mann auf eine Liebesaffäre mit einer Kellnerin angesprochen zu haben. Darauf sei er ausgerastet. Für den Ehestreit gab es wie so oft keine Zeugen. Auf jeden Fall solltest du dir diesen Kerl noch mal vorknöpfen!“, meinte Gabi.
„Ja, danke für die Informationen“, sagte Florian. „Gute Arbeit.“

Hilde Gschwender konnte ihre Neugierde nicht mehr länger zügeln. Sie klopfte an der Tür des Brandner-Hauses und hoffte, dass die alte Brandnerin ihr verraten würde, was Florian bei ihr gewollt hatte. Zunächst täuschte Hilde echte Besorgnis vor.
„Wie geht's dir denn, Brandnerin? Und wann kommt denn die Sophia wieder nach Hause? Sie wird doch nicht mit einem Kurschatten durchgebrannt sein?“ Hilde lachte derb über ihren eigenen Scherz.
Hermine Brandner saß in ihrem Stuhl und umklammerte ihren Gehstock fester.
„Das hätte mir meine Tochter schon erzählt. Sie kommt in zwei Wochen wieder.“
„Soso“, gurrte Hilde. „Du, was wollte denn der Florian vorhin bei dir?“
Die alte Brandnerin sah Hilde aufmerksam an und ihre Augen verengten sich dabei zu Schlitzen. „Er hat Johanna besuchen wollen.“
„Und sonst nichts?“, fragte Hilde und zog ein Kopftuch aus ihrer blauen Kittelschürze.
„Du hast doch auch mit ihm gesprochen“, entgegnete die Seniorin trocken. „Also müsstest du eigentlich mehr wissen als ich. Außerdem warte ich auf Johanna, sie muss mir mit dem Abendbrot helfen.“
„Ja so was, natürlich!“, rief Hilde. „Ich helfe dir, Brandnerin. Soll ich dir etwas kochen?“
„Nein, danke, schenke mir nur einen Tee ein und mach mir ein Schinkenbrot! Die Tablettenschale brauche ich auch“, bat Hermine.
Hilde hantierte am Kühlschrank. „Hat Florian dich über den Paul ausgefragt?“

Hermine tat, als müsste sie nachdenken, und ließ sich mit der Antwort Zeit. Sorgte sich Hilde etwa um Paul?
„Nein, wieso sollte er das?", fragte sie schließlich.
„Natürlich nicht! Mein Paul ist ein lieber Bub! Und so fleißig. Er will sogar die Jagdhütte renovieren. Und er wird bestimmt bald heiraten. – Stell dir vor, neulich habe ich sogar ein Foto von Johanna in seinem Zimmer gefunden. – Ist das nicht süß? Ich glaube, er mag die Johanna recht gerne."
„Soso", murmelte Hermine. Sie fand es nicht im Geringsten süß, sondern befremdlich, dass Paul ein Foto aufbewahrte von einer Frau, die zehn Jahre älter war. Das Ganze war ihr nicht geheuer und sie wollte unbedingt Florian benachrichtigen. Zuerst musste sie jedoch die aufdringliche Hilde loswerden.
„Hilfst du mir aufs Klo?", bat sie Hilde.
„Ist das eilig? Ich muss nämlich jetzt wirklich in den Stall, weißt'", gurrte Hilde. „Kannst du das noch alleine schaffen? Hier ist dein Essen."
Johannas Großmutter musste ein Lachen unterdrücken. Ihr Plan ging auf.
„Dann geh' mal in den Stall. Es ist nicht so dringend und ich schaffe es auch alleine. Gute Nacht, Hilde!"
Kaum hatte Hilde überstürzt das Haus verlassen und die Türe hinter sich geschlossen, öffnete Frau Brandner die Schublade am Küchentisch. Dort musste doch irgendwo die Karte von dem Hauptkommissar sein. Und wirklich, ganz oben lag sie. Mit zittrigen Händen griff die alte Frau danach und stützte sich auf ihren Gehstock, um zur Kommode mit dem Telefon zu gelangen. Und dann wählte sie zum ersten Mal in ihrem Leben eine Handynummer.

„Was soll das? Ist das ein schlechter Scherz? Du weißt doch, dass ich mich um meine Großmutter kümmern muss", fuhr Johanna ihn an.
„Psst!", flüsterte Paul und legte ihr sanft einen Finger auf den Mund.
Johanna packte wütend seinen Unterarm und setzte sich ruckartig auf. Alles drehte sich um sie und der Schwindel verursachte ihr leichte Übelkeit.
„Du warst auf einmal eingeschlafen", erklärte er mit ruhiger Stimme.

Noch immer kniete er vor ihr am Bett.
„Nein, aber aufwecken! Ich weiß auch nicht, was los ist, ich fühle mich irgendwie so …"
„Siehst du", unterbrach er sie sanft. „Es ist das Beste für dich, hier zu sein. Und deshalb gehen wir auch nie wieder weg."
„Wie meinst du das?", fragte Johanna alarmiert und starrte ihn an.
Er antwortete nicht, sondern stand auf und entfernte sich ein paar Schritte. Ein Feuerzeug schnurrte und unzählige Kerzen auf einem Tisch wurden entzündet. Der Raum wurde in ein warmes und doch unwirkliches Licht getaucht. Johanna erkannte die Jagdhütte der Gschwenders. Nun wusste sie auch, weshalb ihr der Geruch hier so vertraut war. Angeblich gab es ein Geruchsgedächtnis, das Erinnerungen über Jahrzehnte speichern konnte. Und viele Jahre war es her, dass sie hier mit Katharina und Paul und Florian gespielt hatte, während Max Gschwender mit seinen Männern Holz schlug.
„Bitte", versuchte es Johanna mit schmeichelnder Stimme. „Ich muss zu meiner Oma!"
„Und ich habe hier ein Essen für uns vorbereitet", sagte er sanft.
„Ich muss zu ihr!", stieß sie verzweifelt hervor. Johanna stand auf, ihre Knie gaben nach und ihre Schritte waren zittrig, als habe sie eben ein hohes Fieber überstanden. Sie torkelte und er fing sie auf.
Er zog sie eng an sich heran und hielt sie fest, so, dass es fast schmerzte.
„Ich habe alles genau vorbereitet. Es war eine Kleinigkeit für mich, das Zündkabel deines Autos zu manipulieren. Ohne meine kleine List wärst du nie mitgekommen. Und ohne das Schlafmittel auch nicht", fuhr er mit einer Ruhe fort, die Johanna unwillkürlich in Panik versetzte. Mehr als die Worte, die er sprach.
„Warum? Paul, warum?", flüsterte sie, unfähig, all die Gedanken und Fragen zu ordnen, die in ihrem Kopf schwirrten.
„Weil ich dich liebe. Weißt du das denn nicht?", sagte er leise, hob ihr Kinn an und küsste ihre Stirn.
„Du liebst mich?", stöhnte Johanna. „Aber wieso denn, ich bin doch viel zu alt für dich!"
„Liebe kennt keine Altersgrenzen. Und als dieser Schnösel bei dir aufgetaucht ist, wusste ich, dass ich handeln muss."
Er strich ihr ein paar Haarsträhnen aus dem Gesicht.

„Du meinst Tom? Aber das ist doch gar nichts Festes“, wiegelte sie ab und hoffte, Paul damit zu besänftigen. „Hast du denn keine Freundin?“
Er drückte sie wütend von sich weg, hielt jedoch ihre Oberarme fest umklammert.
„Ich hatte eine, aber vor einem halben Jahr war ich ihr nicht mehr gut genug. Als ich auf der Akademie war, warf sie sich einem anderen an die Brust.“ Die Erinnerung ließ ihn noch stärker zupacken.
„Au, du tust mir weh!“, rief sie, doch er lockerte den Griff nicht, packte fester zu. „Ich habe etwas Ähnliches erlebt“, stöhnte sie vor Schmerz auf. „Ich möchte es dir erzählen.“ Sie hoffte, ihn dadurch zu irritieren. Tatsächlich griff er nicht mehr so fest zu, sondern strich fast zärtlich mit seinen großen Händen über ihre Arme.
„Du hast ja Gänsehaut. Kein Wunder bei diesem dünnen Sportdress. Ich habe etwas für dich zum Wärmen, zieh' dich um, komm!“
„Ich will mich nicht umziehen! Ich will nach Hause. Wenn ich mich um Oma gekümmert habe, können wir reden“, schlug sie vor.
Er antwortete nicht, sondern drehte sich um und nahm von einem alten Polsterstuhl ein Kissen. Er drückte es Johanna in die Hand und nun erkannte sie, dass es kein Kissen, sondern eine Jeans und ein T-Shirt waren.
„Zieh es an! Ich habe es extra für dich gekauft“, forderte er sie schroff auf.
Sie reagierte nicht.
Er nahm ihr das kleine Kleiderbündel wieder aus der Hand, entfaltete es, riss die Plastiketiketten und Preisschilder weg und drückte ihr beide Kleidungsstücke wieder an die Brust.
„Zieh es an!“, forderte er nun wieder mit jener Ruhe, die Johanna so beängstigte. „Ich sehe auch nicht hin, wenn du nicht willst.“
Johanna schwieg und betrachtete die Jeans und das T-Shirt.
„Dann mache ich uns jetzt mal etwas zum Essen“, sagte er lächelnd.

Sie wandte sich ab, ging zu dem Schrank, der seitlich hinter der Kopfseite des Bettes stand, und öffnete eine Tür, um sich seinen Blicken zu entziehen. Hastig zog sie sich um. Zuerst das Oberteil, dann die Hose. Aus dem Schrank kroch ihr modrige Luft entgegen, vermischt mit dem Duft von getrockneten Kräutern.

Einige Schraubgläser standen im Schrank, doch es war zu dämmrig, sodass Johanna nicht erkennen konnte, was sich darin befand.
Gerade als sie die Tür schließen wollte, huschte etwas knapp an ihren Füßen vorbei und verschwand unter dem Bett.
Johanna unterdrückte einen Schrei und hielt sich reflexartig am Bettpfosten fest. Sie starrte auf die Stelle, an der der kleine Schatten verschwunden war, und wusste ein paar Atemzüge später, dass sie vor einem kleinen Mäuschen erschrocken war.
Wie albern von ihr! Sie erinnerte sich an die Mausefallen, die sie als Kinder mit Käse bestückt und dann so versteckt hatten, dass kein Mäuschen sich in ihnen verfangen sollte.
Johanna schloss den Schrank und beobachtete, wie Paul sich am alten Gasherd zu schaffen machte. Er beachtete sie gar nicht.
Ob das Mäuschen wieder auftauchte? Ein leises Scharren war zu vernehmen.
Plötzlich blitzte etwas auf, nur für den Bruchteil einer Sekunde im dämmrigen Licht erkennbar.
Während Johanna Paul fixierte und sich vergewisserte, dass seine ganze Aufmerksamkeit weiterhin dem Kochen gehörte, bückte sie sich langsam und tastete sich mit ihrer Hand vorsichtig an jene Stelle vor, wo sie glaubte, das Funkeln gesehen zu haben.
Ihre Finger berührten etwas Kühles.
Die Maus hatte einen kleinen, unebenen Gegenstand bewegt.
Angespannt und doch so behutsam, wie ein Chemiker eine hochgefährliche Substanz handhabte, ergriff Johanna den Gegenstand und zog ihn unter dem Bett hervor. Im Dämmerlicht betrachtete sie ihren Fund. Es war ein Schmuckstück, eine Brosche. Es war die Brosche von Großtante Liliane. Jene Brosche, die Oma Jana, dem zweiten Mordopfer, geschenkt hatte. Und während Johanna Paul anstarrte, der immer noch seelenruhig am Herd werkelte und eine fröhliche Melodie pfiff, erkannte sie mit einer Gewissheit, die ihr den Atem stocken ließ, wie die Brosche in die Jagdhütte gekommen war. Hier hatte Jana ihre letzten Stunden verbracht. Und wenn es Johanna nicht gelang zu fliehen, würde es ihr genau so ergehen!

Florian stand an einer geschlossenen Bahnschranke. Er nutzte die Wartezeit, um Johannas Handynummer zu wählen.
Eine Computerstimme teilte ihm emotionslos mit, dass „der Teilnehmer leider nicht erreichbar" sei. Obwohl Florian es nicht anders erwartet hatte, warf er das Handy wütend auf den Beifahrersitz.
Ein Güterzug zockelte schwer beladen vorbei. Die letzten Anhänger hatten Holz geladen. Prächtige Baumstämme von einst riesigen Fichten. Die Bäume erinnerten Florian an etwas.
An eine Jagdhütte, tief im Wald!
Ein gutes Versteck. Florians Herz schlug schneller, er konnte es kaum erwarten, dass der Zug endlich vorbei und die Schranken wieder offen waren. Er hatte keine Zeit zu verlieren!
Das Handy klingelte.
„Ja?"
„Wallner, wo steckst du?", fragte Kremmel ungeduldig.
„Auf der Bundesstraße zum Nationalpark", antwortete Florian.
„Weißt du, wo die Jagdhütte der Gschwenders ist? Gerade bekam ich einen Anruf von Johannas besorgter Großmutter, die …"
„Ich weiß", rief Florian. „Und ich bin schon auf dem Weg dorthin."
„Schaffst du das alleine? Ich werde den nervigen Durchfall nicht los."
„Wenn es nötig ist, rufe ich Verstärkung. Wir müssen vorsichtig vorgehen. Ich melde mich", rief Florian schnell und beendete das Gespräch. Die Schranken hoben sich langsam. Er gab Gas, die Reifen quietschten und kleine Steinchen stoben davon.
Bis zur Waldgrenze waren es noch elend lange dreißig Kilometer!
Und er hoffte, sich anschließend möglichst schnell durch das Gewirr an Forstwegen schlängeln zu können. Es war lange her, dass er in der Jagdhütte gespielt hatte. Er mochte sich gar nicht ausmalen, was sich dort womöglich gerade abspielte. Florian trat noch mehr aufs Gaspedal.

„Sie hat es nicht anders verdient!", sagte Paul, als er die Brosche in Johannas Hand bemerkte. „Sie wollte mich verlassen, da konnte ich doch nicht tatenlos zusehen. Dafür musste ich sie bestrafen. Ich habe sie doch geliebt!"

Johanna fühlte eine eisige Kälte in sich aufsteigen. Als hätte ein Hauch des Todes ihren Körper erreicht, bereit, sie zu umhüllen und mitzunehmen in eine düstere Unendlichkeit.
„Niemand hat ein Recht zu töten!", sagte Johanna mit zittriger Stimme. „Es gäbe viele Tote, wenn alle sterben müssten, die ein Herz gebrochen haben."
„Es ist mein Herz!", rief Paul störrisch und warf wutentbrannt einen Löffel auf den Herd.
„Und die andere junge Frau? Die, die zuerst gefunden wurde – hast du die auch umgebracht?", fragte Johanna ahnungsvoll.
„Setz dich an den Tisch! Wir wollen zusammen essen", bat Paul, nun wieder ganz ruhig.
„Ich habe aber keinen Hunger!"
„Setzt dich an den Tisch!", befahl Paul drohend.
Johanna ging langsam auf ihn zu. Panik durchflutete ihren Körper, nahm die Kälte mit, aktivierte alle Zellen ihres Körpers. Plötzlich wusste sie, dass sie Zeit gewinnen musste und vor allem Pauls Vertrauen. So hatte sie vielleicht eine Chance, diese Hütte lebend zu verlassen.
„Du hast aber schön gedeckt", schmeichelte sie. „Ist das alles für mich?"
„Ja, extra für dich." Paul schien tatsächlich darauf einzugehen.
„Das ist lieb von dir. Und was hast du Feines gekocht?", heuchelte Johanna.
„Lass dich überraschen!", wiegelte er ab.
„Du weißt doch, dass ich kein Weizenmehl vertrage", log Johanna. „Erinnerst du dich noch? Davon musste ich immer brechen. Ist es denn etwas mit Weizenmehl?"
„Nein", sagte Paul und drückte Johanna sanft, aber bestimmt auf einen Stuhl.
„Erzähl mir doch von deinen Freundinnen!", bat sie vorsichtig. „Wo hast du sie kennengelernt?"
Paul servierte eine grünliche Suppe.
„Guten Appetit. Das ist eine Kräutersuppe, das Rezept habe ich aus der Lehrküche der Landwirtschaftsakademie. Probier mal!"
„Duftet lecker", sagte Johanna. Es stimmte sogar und doch war ihr übel bei dem Gedanken, jetzt zu essen, davon zu essen.

Sie wartete ab. Tatsächlich fing er an, genüsslich zu essen. Nach einigen Löffeln hielt er inne.
„Nachdem mich meine Freundin Lisa, eine Tochter vom Leitmayr-Hof, verlassen hatte, fuhr ich nach Passau. Ich bin von Bar zu Bar gezogen und ließ mich volllaufen. Irgendwann stand Aljona neben mir. Sie kam aus der Ukraine. Dort hatte man ihr Arbeit versprochen, hier in Deutschland. Gemeint war ein Bordell. Sie hat mich an meine Ex-Freundin erinnert, da habe ich mit ihr geschlafen. Auch sie hatte so zarte Haut und dunkle Haare."
Paul stockte. „Du isst ja gar nicht!"
„Oh, doch! Schmeckt lecker. Du musst mir unbedingt das Rezept geben", log Johanna und zwang sich zu lächeln. Unter seinen misstrauischen Blicken nahm sie einen Löffel in den Mund. Es schmeckte angenehm mild und sahnig.
„Seid ihr ein Paar geworden?", fragte Johanna.
„Ein Paar – mit einer Nutte?", höhnte er. „Nein, natürlich nicht. Aber ich konnte den Gedanken daran nicht ertragen, dass es jemanden gab, der aussah wie die Frau, die ich hatte heiraten wollen. Außerdem habe ich sie aus ihrer Situation erlöst. Sie wollte sterben. Es gab doch kein Zurück in die Heimat und hier war nur die Hölle für sie. Ich habe ihr einen Gefallen getan."

„Du hast sie vergiftet", stellte Johanna fest.
„Was hätte ich sonst tun sollen?", fragte er.
„Und wie hast du, ich meine …?"
„Jana kennengelernt?", ergänzte er. „Das war leicht. Ich traf sie, als der Schützenverein dort ein Jubiläumsfest veranstaltete. Wir haben uns sofort ineinander verliebt. Sie hat sich für mich sogar von ihrem Verlobten, einem Tschechen, getrennt. Doch der war hartnäckig und lauerte ihr immer wieder auf. Da wollte sie wieder zu ihm zurück." Er ballte seine Hände zur Faust.
„Und das hast du verhindert?", flüsterte Johanna.
„Ich musste es! Sonst wäre ich krepiert. Wieso wollte diese Schlampe auch wieder zurück? Sie hätte alles bei mir gehabt, was sie braucht." Er sah Johanna an und lächelte. „Meine Einladung zu einem Abschiedsessen hat sie dann aber doch angenommen. So konnte ich sie auch vor

einem Schicksal bewahren, das sie in Wirklichkeit gar nicht wollte. Außerdem …"
Paul schleckte genüsslich seinen Löffel ab.
„Außerdem war da wieder dieses Gefühl, so ein wahnsinnig schönes Gefühl, dass ich jemandem helfen konnte, aus einem Leben zu treten, das keinen Sinn mehr hatte. Es gab mir selbst Kraft und Hoffnung und ich empfand es so tief, dass ich es gerne noch öfter erleben möchte."
Johanna schwieg. Sie starrte ihn mit vor Entsetzen geweiteten Augen an. Sie konnte nicht fassen, was sie da hörte!
Pauls Teller war leer. Er fixierte sie. „Iss auf! Es gibt noch einen Hauptgang."
„Paul, ich …", begann Johanna verzweifelt.
Er streckte seinen Arm aus und hielt ihr den Zeigefinger vor den Mund. „Sag nichts!", flüsterte er sanft. „Ich weiß doch, dass du mich auch liebst."
„Natürlich", hauchte Johanna und unterdrückte einen Würgereiz. „Lass uns das zu Hause besprechen! Ich muss zu Oma. Sie wird sich schon große Sorgen machen, vielleicht hat sie schon die Polizei angerufen! Und du möchtest doch sicher nicht, dass sie vielleicht sogar der Schlag trifft vor Aufregung. Willst du daran schuld sein?"
„Sie ist doch schon alt", sagte er ruhig. „Und zäh genug. Was uns betrifft, müssen wir nicht nach Hause. Hier waren wir doch schon als Kinder glücklich. Und hier werden wir gemeinsam sterben. Man wird uns als Paar finden, glücklich im Tode vereint. Ist das nicht schön?"
Johanna stockte der Atem. Ihr Puls jagte. Soeben hatte sie ihr Todesurteil erhalten. So fühlte man sich also, wenn man bald sterben musste. Aber alles in ihr sträubte sich dagegen.
„Was war in der Suppe?", fragte sie und kniff sich dabei in den Unterarm, um sich zur Ruhe zu zwingen.
„Jetzt kommt der Hauptgang. Mein Spezialgericht. Es wird dir schmecken!" Paul stand auf, räumte die Suppenteller weg und werkelte wieder am Herd.
Johanna fixierte die Tür. Es waren ungefähr fünf Meter bis zur Freiheit. Aber was, wenn sie verschlossen war? Bestimmt hatte er daran gedacht.

„Guten Appetit!" Paul setzte sich erwartungsvoll lächelnd wieder auf seinen Stuhl, ihr gegenüber. Johanna sah auf den Teller. Das Kerzenlicht flackerte etwas, doch es war hell genug, viel zu hell. Sie konnte genau erkennen, was er ihr serviert hatte. Es roch angenehm würzig. Pilze in einer Rahmsoße mit Baguette. Knollenblätterpilze. Der Teller würde ausreichen, um fünf Männern den Tod zu bringen.

In der Stille des Waldes

Endlich hatte Florian die Waldgrenze erreicht. Er raste die Straße am Staatsforst entlang bis zu dem Weiler, hinter dem die Privatwälder der Gschwenders begannen. Dann reduzierte er die Geschwindigkeit, er durfte die Abzweigung nicht verpassen.

Der Forstweg mit der Schranke? Nein, also weiter! Er überholte einen Traktor und einen Pkw mit Hamburger Kennzeichen. Der Fahrer schickte ihm seine Lichthupe hinterher. Wie sollte er auch wissen, dass ein Kriminalbeamter im vorbeirasenden Wagen saß?

Da, das musste der Forstweg sein. Fast hätte er die Abzweigung übersehen. Florian bremste scharf. Dann bog er ab und raste den Forstweg entlang. Etwa fünf Kilometer weiter befand sich zur Linken eine Winter-Wildfütterung. Also war er doch richtig!

Erleichtert bremste er den Wagen ab, fuhr an den Wegrand und stieg aus. Von hier aus musste er zu Fuß gehen. Der Wanderpfad, der am schnellsten von hier zur Jagdhütte führte, war zu eng. Außerdem wäre das Motorengeräusch weithin hörbar gewesen.

Florian lief los. Er hatte bestimmt noch zwei Kilometer vor sich, seine gute Kondition zahlte sich jetzt aus.

An einer Wegbiegung blieb er stehen, sah sich um, lauschte. War da ein Rauschen zu hören, das den kleinen Wildbach verriet? In diesem Fall wäre er richtig gelaufen. Kein Rauschen. „Verflucht noch mal!", zischte Florian verzweifelt. Dann sah er den Felsbrocken. Als Kinder hatten sie sich davor gefürchtet, weil er aussah wie ein riesiger Troll. Zwar hatten sie nie wirklich einen Troll gesehen, aber wie sonst könnte einer aussehen, wenn nicht so? Die rechte, vermooste Seite des Felsens zeigte zur Wetterseite. Florian musste also den Wanderweg in westliche Richtung weiterlaufen. Und Florian lief.

„Was ist da drinnen? Giftpilze?", fragte sie.

„Das weißt du doch ganz genau. Iss!" Paul führte seinen Löffel zum Mund und aß genüsslich weiter.

„Ich will keine Giftpilze essen!", fauchte Johanna und legte ihren Löffel weg.

Auf Pauls Stirn bildeten sich Zornesfalten, doch dann grinste er und sagte langsam: „Du hast sie bereits gegessen."
Johanna starrte Paul an.
„Die Suppe?", keuchte sie.
„Die Suppe! Was glaubst du? Ich habe mein spezielles Pilzpulver verarbeitet. Und sage nur nicht, dass es dir nicht geschmeckt hat!" Wieder lachte Paul.
Zum ersten Mal in ihrem Leben fühlte Johanna puren Hass. Sie starrte Paul an, den Jungen, der ihr seit frühester Kindheit vertraut war, den sie genau zu kennen geglaubt hatte, und wünschte sich, ihre Blickte reichten aus, um ihn zu töten.
Da packte er ihr Handgelenk.
Johanna schrie auf. „Lass das, das tut weh!"
„Iss jetzt!"
Er führte ihre Hand mit dem Löffel zum Teller, gegen ihren Willen musste sie eine Portion aufnehmen und zum Mund führen. Johanna weigerte sich, den Mund zu öffnen. Er sprang auf, packte ihre Hand noch fester und öffnete mit der anderen Hand ihren Mund. Es hatte keinen Zweck, sich zu wehren. Paul war einfach zu kräftig.
Johanna fühlte die lauwarmen Pilze in ihrem Mund. Erstaunlich mild, mit feiner Würze. Kein Wunder, dass Menschen, die versehentlich einen Knollenblätterpilz essen, davon nichts bemerken, dachte Johanna. Sie ekelte sich. Es kam ihr vor, als wären lebende Maden und Würmer in ihrem Mund!
Paul fasste an ihre Kehle und Johanna schluckte reflexartig. Dann ließ er sie wieder los. „Kannst du jetzt alleine essen oder zwingst du mich, dir zu helfen?", fragte Paul ruhig.
Johanna würgte, sie schauderte und beteuerte: „Es geht alleine."
Er setzte sich wieder und aß weiter. Sie stocherte in ihrem Teller und tat so, als führe sie ab und zu einen Löffel zum Mund. Dabei verwickelte sie ihn in Fragen.
„Wieso hast du mich ausgesucht?"
„Sagte ich doch, ich liebe dich. Ich habe dich schon als kleiner Junge angehimmelt, aber du hast es nicht gemerkt und mich nur mit Kathi und den älteren Kindern geneckt."
„Ich habe dich nicht nur geärgert. Ich hatte dich gerne und hätte dich

am liebsten als Bruder gehabt. Du weißt, meine Mutter durfte keine Kinder mehr haben. Und kannst du dich noch daran erinnern, wie ich dich bei deiner Mutter verteidigt habe, als du die Fensterscheibe eingeschlagen oder das Viehgatter offen gelassen hast?“, fragte sie.
„Ja, natürlich weiß ich das noch.“
„Wie war es überhaupt möglich, dass du dich mit Jana getroffen hast? Fiel das nicht in der Akademie auf?“, bohrte Johanna.
„Glaubst du, dass man dort wie ein Gefangener lebt?“, brauste Paul auf. „Ich hatte freie Abende und Wochenenden und ich genoss es, mich frei bewegen zu können. Als ich hörte, dass du wieder im Dorf bist, habe ich dich beobachtet.“
„Du hast mich beobachtet?“ Sie starrte Paul an und wusste plötzlich, was er meinte: Dieses Gefühl der Bedrohung an der Koppel war also keine Einbildung gewesen!
„Ja, und es hat mich glücklich gemacht“, erklärte er anzüglich grinsend.
Johanna schluckte schwer, doch sie versuchte, ihn weiter in Fragen zu verwickeln.
„Warum willst du denn dein Leben wegwerfen?“
„Weil es Schrott ist!“, rief er.
„Weshalb?“, wollte sie wissen.
„Weil die Frauen, die ich liebe, mich nicht lieben. Und weil ich kein Bauer werden will!“, schrie er.
„Du willst kein Bauer werden?“, fragte Johanna verwundert. „Ich dachte, du liebst diesen Beruf. Du wärst bestimmt ein wunderbarer Landwirt.“
„Nein, das haben mir nur alle von Anfang an eingeredet. Ich würde viel lieber Biologie studieren. Aber das interessiert meine Eltern nicht. Mein Vater ist stur und meine Mutter erdrückt mich mit ihrer Liebe. Ich möchte Abstand zu meinen Eltern. Wie soll ich das erreichen, wenn ich den Hof übernehme?“ Paul sprach immer leiser.
Unwillkürlich war Johanna betroffen. Das hätte sie nie vermutet und fast empfand sie so etwas wie Mitleid mit ihm.
„Soll ich mit deinen Eltern sprechen?“, bot sie ihm an.
Paul donnerte mit der Faust auf den Tisch. „Das hat keinen Sinn! Glaubst du, ich hätte das nicht schon hundert Mal probiert. Iss jetzt!“ Seine Stimme überschlug sich.

Johanna nahm einen Löffel auf, berührte aber nur ihre Lippen damit. „Du wirst sehen, es ist das Beste“, sagte Paul, nun wieder gefährlich ruhig. „Ich weiß, dass du auch unglücklich bist. In der Unendlichkeit wird es uns besser gehen. Ich freue mich schon darauf.“

Florian blieb einen Moment stehen, um sich zu orientieren. Es fiel ihm immer schwerer, die Dämmerung verwischte allmählich die Konturen der Bäume. Keuchend sah er sich um. Dann stützte er sich resignierend an einen Baum.

Es hatte keinen Sinn! Er würde es nicht rechtzeitig schaffen! Und war Johanna überhaupt in der Jagdhütte? Sollte er Verstärkung rufen? Was, wenn ihn sein Gefühl täuschte? Da sah er etwas Weißes durch die Bäume schimmern, gleich hinter dem dichten Jungwald an einer Lichtung.

Florian lief los. Kurz darauf stand er bei einem Kleinwagen. Pauls Auto! Die Fahrertür war nicht verschlossen. Florian riss sie auf und suchte nach einem Hinweis. Auf dem Beifahrersitz lag eine halb volle Mineralwasserflasche. Er setzte sich in den Wagen und tastete vorsichtig mit den Händen unter die Sitze. Nichts.

Florian stieg aus, lief um den Wagen herum, riss die Beifahrertür auf. Fieberhaft suchte er jeden Zentimeter ab, auch das Handschuhfach. Kein Hinweis. Aber war das Auto hier an diesem Ort nicht Hinweis genug? Er wandte sich ab und zog sein Handy aus der Brusttasche.

Gerade als er die Taste drückte, die Kremmels Nummer automatisch aufrief, sah er ein kleines silbernes Päckchen. Er musste es mit seinen Schuhen berührt haben, denn abgestorbene Fichtennadeln befanden sich auf der Verpackung. Hastig hob er das Päckchen auf. Es war eine Probiergröße für einen Müsliriegel. Florian drehte ihn um. „Vielen Dank! Radsport Ripp, München“ stand auf einem kleinen Aufkleber. Er schloss seine Faust um den Riegel. Das war es! Johanna war hier in der Jagdhütte.

„Wallner, was ist?“, kam es aus dem Handy.

„Chef, ich brauch’ Verstärkung!“, sagte Florian leise, aber deutlich. „Ich habe Hinweise, dass sich Johanna Brandner mit Paul Gschwender in der Jagdhütte aufhält.“

„Ich werde sofort alles veranlassen. – Und, Florian, hoffentlich findest du sie noch rechtzeitig!“, sagte Kremmel.
„Hoffentlich!“, murmelte Florian.

„Kann ich mal für große Mädchen?“, fragte Johanna. „Ich glaube, ich bekomme Durchfall.“ Sie wusste, er würde sie nie alleine nach draußen gehen lassen, aber sie musste irgendwie erreichen, dass er die Türe öffnete.
Paul sah sie prüfend an. „Das hat noch Zeit. Iss erst auf!“ „Willst du, dass ich hier …?“
„Du kannst einen Eimer benutzen“, sagte er und stand auf. Er kam auf Johanna zu, wandte sich dann jedoch ab, um noch etwas zwischen dem Herd und dem kleinen Buffet hervorzuholen. Dabei bückte er sich. Für Sekunden wandte er ihr den Rücken zu.
Johanna sah die schwere Gusspfanne auf dem Herd. Sie musste handeln. Jetzt! Mit einem Satz sprang sie auf, packte den Griff der Pfanne mit beiden Händen und schlug zu, so fest sie konnte. All ihre Verzweiflung, ihre Hoffnungslosigkeit, ihre Wut, ihr Ekel gaben ihr in diesem Moment Kraft. Sie traf ihn. Am Hinterkopf, an den Schultern und wieder am Kopf. Er sackte zusammen, blieb benommen liegen. Sie schlug nochmals zu. Paul rührte sich nicht mehr.
Johanna lief zur Tür. Der Schlüssel steckte. Sie drehte ihn um. Die Türe öffnete sich nicht. Da war noch ein Riegel! Er klemmte, als sie ihn zurückschieben wollte. Noch einmal schob sie mit aller Kraft. Paul stöhnte hinter ihr. Er bewegte sich.
Endlich, der Riegel ließ sich nach hinten schieben! Johanna riss die Tür auf und rannte hinaus in die Dunkelheit. Sie rannte um ihr Leben.

Florian rannte, um Johanna zu retten. Seine Beine schmerzten, aber er ließ sich nicht beirren. Da vorne war die Hütte, er konnte die Umrisse deutlich erkennen. Die Fensterläden waren geschlossen, doch durch die Türöffnung drang ein matter Lichtschein.
Lief da nicht jemand? Ein Schatten bewegte sich schnell zwischen den

mächtigen Fichtenstämmen. So sehr er sich bemühte, er konnte nicht erkennen, wer es war.
Florian blieb stehen. Was sollte er tun? Zur Hütte schleichen, um zu sehen, wer darin war, oder dem Flüchtenden nachlaufen? Noch während er überlegte, löste sich ein zweiter, größerer Schatten aus dem Umriss der Hütte. Johanna war auf der Flucht! Und er musste sie erreichen, bevor es Paul gelang, sie wieder einzuholen.

Johanna stolperte durch die Dunkelheit. Sie hatte keine Ahnung, woran sie sich orientieren sollte. Sie hatte nur einen Gedanken: laufen, so schnell sie konnte.
Erstaunlich schnell gewöhnten sich ihre Augen an die Dunkelheit. In der Hütte hatte auch nur Dämmerlicht geherrscht, das kam ihr nun zugute. Trotzdem sah sie kleine Äste immer wieder zu spät. Sie schlugen schmerzhaft an ihre Beine, ihren Körper, trafen ihr Gesicht. Johanna spürte es nicht. Laufen!
Der weiche Waldboden dämmte ihre Schritte. Ob er schon hinter ihr her war? Sie wagte nicht, sich umzudrehen. Laufen! Nur weg von ihm! Ein kleiner Baumstumpf stand ihr im Weg, sie trat darauf, rutschte ab, knickte mit dem Köchel zur Seite. Ein stechender Schmerz raubte ihr einige Sekunden den Atem. Keuchend blieb sie stehen und lauschte.

Ihr Magen rebellierte. Sollte sie einen Finger in den Mund stecken und dadurch das Gegessene erbrechen? Aber es würde Kraft kosten und vor allem Zeit, die ihr fehlte, um von hier fortzukommen.
Laufen!
An einer kleinen Lichtung stieg Dunst auf, der bis in den Wald hineinkroch. Der Dunst könnte ihr Freund sein, weil er sie vor ihrem Verfolger verbarg. Oder ihr Feind, weil er ihr es noch schwerer machte, sich zu orientieren.
Johanna lief weiter, humpelnd, und doch spürte sie den Schmerz kaum noch. Sie sah den Brombeerstrauch nicht. Seine dornigen Äste streckten sich nach ihr aus wie knorrige Hexenfinger. Sie blieb hängen, versuchte sich zu befreien. War da was?

Johanna lauschte, unterdrückte ihr Keuchen – Da war etwas! Es knackte, kleine Äste brachen unter den Sohlen eines Menschen. Paul! Er kam näher!
Doch noch etwas. Ein leises Rauschen. Der Wildbach, er musste in der Nähe sein! Wenn sie ihn fand, wusste sie, wie sie weiter laufen musste, um einen Einödhof zu erreichen. Es war zwar noch weit. Aber es war eine Hoffnung.
Die Schritte kamen näher. Johanna sah sich um. Tatsächlich, da bewegte sich der Umriss eines groß gewachsenen Menschen auf sie zu. „Lieber Gott, hilf mir!", flehte sie flüsternd. „Oder lass es für immer vorbei sein!" Dann rannte sie weiter.

Hauptkommissar Kremmel schluckte nochmals eine Dosis Kohletabletten, während er wieder zum Telefon griff, um der Einsatzzentrale genaue Anweisungen zu geben.
„Schickt einen Einsatzwagen zum Gschwenderhof, wir brauchen die genauen Koordinaten der Jagdhütte. Versucht, diese gleichzeitig über die Forstverwaltung herauszufinden, auch wenn es um diese Tageszeit schwierig werden dürfte! Das Einsatzteam muss sensibel vorgehen. Ich werde mit dem Einsatzleiter kooperieren. – Und schickt einen Notarztwagen und informiert die toxikologische Abteilung der Universitätsklinik Regensburg. Vermutlich hat das Opfer Knollenblätterpilze gegessen."
Bevor Werner Kremmel seine Wohnung verließ, trank er eilig noch einen halben Liter einer Zucker-Salzlösung und stopfte sich vorsichtshalber einen breiten Streifen Baumwollwatte in die Unterhose.
„So einen Fall hatte ich noch nie", murmelte er, während er zum Auto eilte.

Die Schritte des Verfolgers kamen näher. Und mit jedem Meter, den Johanna vorwärts hastete, stieg ihre Verzweiflung. Sie würde es nicht schaffen. Er war schneller.
Johanna versuchte, wie ein flüchtender Hase Haken zu schlagen. Aber das kostete Energie und sie war völlig erschöpft! Doch dann schien es

ihr gelungen zu sein! Nichts knackste mehr hinter ihr, die dumpfen Schritte, der Umriss – alles war verschwunden.
Das Rauschen des Baches war jetzt deutlicher zu hören. Sie hatte trotz allem die Richtung gehalten. Keuchend lehnte sie sich an einen großen Fichtenstamm. Es roch nach Holz, die kühle Luft war erfüllt von würzigen Düften. Schön eigentlich, wenn sie nicht gerade um ihr Leben liefe!
Etwas knackte. Laut und bedrohlich nahe. Johanna starrte in das dunkle, geheimnisvolle Waldstück hinter ihr. Ihre Hände umklammerten den Baumstamm, ihre Fingernägel krallten sich in seine Rinde.

Gleich würde es vorbei sein. Gleich hatte er sie gefunden.
Sollte sie sich ruhig stellen und hoffen, dass er an ihr vorbei lief?
Noch bevor sie sich entscheiden konnte, löste sich eine Silhouette aus der Dunkelheit. Johanna versuchte erneut wegzulaufen.

Er war schneller. Sie fühlte es, sie hörte es. Gleich würde er sie eingeholt haben! Schon spürte sie die kräftige Hand, die ihre Schulter packte. Johanna hatte keine Chance. Sie schrie auf, doch er hielt ihr mit einer Hand den Mund zu, während er mit der anderen so viel Druck ausübte, dass sie zu Boden stürzte. Der weiche Waldboden fing sie auf. Auch er stürzte. Dann lag er neben ihr. Johanna kniff die Augen zusammen. Sie hörte nichts als seinen keuchenden Atem und das Flüstern des nahen Wildbaches. Wieso sagte er nichts? Immer noch hielt er ihr den Mund zu. Vorsichtig öffnete sie ihre Augen. Neben ihr lag Florian. „Sei still!“, flüsterte er. „Er verfolgt uns!“

Die Einsatzleitung hatte die genauen Koordinaten erhalten und an Hauptkommissar Kremmel durchgegeben. Man würde mit aller Erfahrung und modernster Technologie versuchen, Johanna und Paul zu finden. Werner Kremmel raste durch die Nacht. Es war seine Aufgabe, zu helfen und Florian beizustehen. Er wusste, dass er sich auf sein

Team vor Ort verlassen konnte. Aber sie alle hatten einen übermächtigen Gegner: die fortschreitende Zeit.
Vorsichtig nahm Florian seine Hand von ihrem Mund.
„Er ist verrückt", wisperte Johanna voller Panik. „Wir müssen hier weg!"
„Ich weiß", flüsterte er. „Hat er … war er gewalttätig?"
„Paul hat mir … ich musste Giftpilze essen."
Johannas Stimme versagte. Am liebsten hätte sie geweint, vor Erschöpfung und Erleichterung. Florian war hier!
Sie presste ihr Gesicht an seine Brust. Sie spürte seine Wärme und seinen raschen Herzschlag und noch nie hatte sie es so genossen, neben einem vertrauten Menschen zu liegen, wie gerade eben. So grotesk es auch sein mochte – für einen kurzen Augenblick durchflutete sie ein unbeschreibliches Glücksgefühl.

„Du zitterst ja", hauchte Florian ihr ins Ohr. Er zog sie enger an sich heran und küsste sie zärtlich ins zerzauste Haar. „Ich hab' dich gefunden, tatsächlich gefunden!", flüsterte er voller Euphorie.
Doch dann breiteten sich in ihm wieder Wut und Verzweiflung aus. Johanna trug ein tödliches Gift in sich und es lag in seiner Verantwortung, sie rechtzeitig aus dem Wald zu bringen! Ruckartig hob er den Kopf und lauschte, versuchte, in der Dunkelheit etwas zu erkennen. Eine Bewegung oder einen Schatten, der sich näherte. Aber alles war still, fast friedlich. Viel zu friedlich.
„Wir müssen hier weg", flüsterte Florian. „Kannst du noch laufen? Vielleicht können wir sein Auto erreichen."
„Haben wir eine Chance?", wisperte Johanna.
„Wir werden es schaffen", sagte Florian.
Da zerriss ein Schuss die Stille. Der Schall hallte wider, zurückgeworfen von unzähligen Baumstämmen. Johanna zuckte erschrocken zusammen und klammerte sich an Florian.
„Ich weiß, dass du hier bist!", schrie Paul, nicht weit entfernt. „Und ich werde dich finden!"
„Er hat ein Jagdgewehr", flüsterte Florian eindringlich. „Aber er ist noch ein Stück entfernt. Das ist unsere Chance! Wir müssen los. Schnell!"
Er zog Johanna hoch, packte sie stützend unter einem Arm. Zusam-

men liefen sie los. Immer wieder waren Schüsse zu hören. Bedrohlich und beängstigend nahe.
„Er wird uns umbringen!", winselte Johanna keuchend.
„Weiter!", sagte Florian.
„Ich kann nicht mehr!"
„Du musst! Du schaffst es! Das Auto ist nicht mehr weit".

Ein Hubschrauber näherte sich. Ausgerüstet mit einer Wärmebildkamera versuchte er, Johanna und Paul zu orten.
Durch die Baumreihen schimmerte das Weiß des Pkws. Endlich!
„Da!", keuchte Florian. „Rein, die Türen sind offen."
Die letzten Meter schienen kein Ende zu nehmen. Beide stürzten auf das Auto zu. Doch als sie darin saßen, dauerte es quälend lange, bis Florian den Motor kurzgeschlossen hatte. Endlich gelang es ihm. Dann gab er Gas und raste den Forstweg entlang Richtung Staatsstraße.
Plötzlich tauchte aus dem Nichts eine Gestalt auf. Blitzschnell hatte sie sich aus einem Dickicht gelöst. Paul stellte sich ihnen in den Weg, vielleicht zwanzig Meter entfernt! Er hatte das Gewehr angelegt und Florian wusste, dass Paul schießen würde.
„Duck dich! Unter die Konsole! Schnell!", rief Florian Johanna zu. Sie reagierte sofort. Im selben Moment zerbarst die Windschutzscheibe. Johanna schrie auf und presste ihre Hände an die Ohren. Paul schoss erneut auf das herannahende Auto, sein Auto. Diesmal traf er nicht. Sekunden später erfasste ihn das Auto.
Es gab einen dumpfen Schlag – Pauls Körper wurde durch die Luft geschleudert. Leblos blieb er liegen.
Florian bremste ab, starrte in den Rückspiegel. Noch immer lag Paul reglos auf dem Forstweg. Blitzschnell ergriff Florian seine Waffe, stieg aus und ging auf Paul zu. Paul stöhnte, er lebte!
Florian schnappte sich das Jagdgewehr, das einige Meter entfernt lag, und lief zurück zum Auto. Er würde Paul einen Krankenwagen schicken. Vorrang hatte Johannas Rettung.
Johanna kauerte wimmernd auf der Fußmatte.
„Es ist vorbei, Johanna", sagte Florian und seine Stimme zitterte vor Erschöpfung. Sie zog sich langsam hoch in den mit kleinen Glassplittern übersäten Beifahrersitz.

„Ist er tot?“
„Nein, nur verletzt. Aber jetzt kümmere ich mich zuerst um dich!“
Florian nahm kurz eine Hand vom Lenkrad, suchte ihre Hand. Sie war sonderbar schlaff.
„Johanna?“, fragte er laut. Dann versuchte er mit einer Hand sein Handy zu finden, irgendwo in seiner Jacke. Hatte er es verloren?
Er fand es, drückte Kremmels Nummer, schrie schließlich seine Vermutung, auf welcher Forststraße sie sich befanden, ins Gerät, während er das Gaspedal weiter durchdrückte.
„Johanna?“, schrie er ihren Namen.
Johanna konnte ihn hören, die Panik in seiner Stimme wahrnehmen, aber sie war nicht mehr fähig, ihm zu antworten. Vor ihren Augen verschwammen die größer werdenden blauen Blinklichter und gleißenden Scheinwerfer. Die Lichter kamen näher. Florian stoppte das Auto, die Beifahrertür wurde aufgerissen. Jemand zog sie aus dem Auto. Johanna erbrach sich. Dann verlor sie das Bewusstsein.

Johanna hatte einen seltsamen Traum. Sie befand sich in einer dunklen Höhle und kämpfte mit einer Schlange. Die Schlange lag auf ihrer Brust, schob sich unter ihr Kinn und wollte in ihren Mund kriechen. Sie wehrte sich verzweifelt, aber die Schlange schaffte es schließlich doch. Dann war wieder alles in ein erlösendes schwarzes Nichts gehüllt. Johanna fühlte sich leicht und ohne Angst. Und sie fiel in einen tiefen, traumlosen Schlaf.

Als Johanna das erste Mal auf der Intensivstation erwachte, nahm sie all die piepsenden und blinkenden Geräte um sie herum nur wie durch einen feinen Schleier wahr. Jemand saß neben ihrem Bett.
Johanna schlief wieder ein. Das nächste Mal erwachte sie in einem Krankenzimmer. Es herrschte Dämmerlicht. Jemand hielt ihre Hand.
Johanna schlief wieder ein.
„Wird sie durchkommen?“, fragte Hauptkommissar Kremmel.
Florian nickte erschöpft. Gerade hatte er einige Münzen in einen Kaffeeautomaten eingeworfen und daher nicht gehört, dass sein Chef plötzlich neben ihm stand.

„Du siehst aus, als hättest du dich zum ersten Mal nass rasiert", stellte Kremmel grinsend fest und deutete auf die drei Pflaster in Florians Gesicht. Das größte Pflaster befand sich an der rechten Schläfe, dicht neben dem Auge. Hier hatte ihn ein Glassplitter besonders tief verletzt.
„Lass dich ein paar Tage krankschreiben. Den Schreibkram übernehme ich schon".
„Vielleicht", murmelte Florian und nippte am Kaffeebecher.
Sofort setzte er wieder ab. „Heiß und furchtbar scheußlich, das Zeug!", zischte er.
„Gehen wir auf den Balkon des Besucherzimmers", schlug Kremmel vor. „Ich hasse Krankenhausflure!"

Eine Weile lehnten beide Männer schweigend an der Balkonbrüstung und schauten ins Weite.
„Was genau hat dich auf die Spur von Paul Gschwender gebracht?", fragte Kremmel schließlich.
Wortlos stellte Florian seinen Kaffeebecher auf der breiten Brüstung ab und fasste mit einer Hand in seine Jackentasche. Er zog ein völlig verknittertes Foto hervor, jenes Foto, das er von der Wand des Wirts mitgenommen hatte. Er hielt es seinem Chef hin.

Kremmel kniff die Augen zusammen und betrachtete das Bild.
„Verstehe", brummte er schließlich und gab es an Florian zurück. „Alle Achtung, das war ein winziger Hinweis."
Florian nahm das Bild wieder entgegen und sah es an, als hielte er es zum ersten Mal in Händen. Das Foto zeigte eine Gruppe junger Menschen in ausgelassener Stimmung. Ganz am Rand, zufällig vom Objektiv erfasst, stand ein junges Paar: Paul und Jana. Jana trug die Arbeitskleidung der Ettengruber-Angestellten, Paul war in Tracht. Sie hielten sich an der Hand. Jana lächelte sanft, Paul grinste glücklich und stolz.
„Man merkt eben, dass du bei mir eine gute Ausbildung genießt", zwinkerte Kremmel und klopfte Florian anerkennend auf die Schulter. „Gute Arbeit!"
„Danke!", sagte Florian leise. „Es war sicher Zufall, dass die beiden

neben der Gruppe standen, die gerade fotografiert wurde. Und es war ein noch größerer Zufall, dass dieses Foto ausgestellt wurde. Falls du dich erinnerst, hatte ich mir beim ersten Besuch die Fotowand schon einmal angesehen und mich dann wohl unbewusst wieder daran erinnert. Ich frage mich, ob ich Johanna das alles hätte ersparen können? Zu meiner Verteidigung bleibt stehen, dass Paul nur im Profil zu sehen ist und das Paar im Abseits steht."

„Ich brauche dieses Foto, es ist ein Beweisstück", stellte Kremmel fest. Florian gab es ihm. „Wie geht es Paul Gschwender? Weißt du etwas Neues?"

Hauptkommissar Kremmel schob das Foto in ein Kuvert. „Er wird sich von allem erholen. Man hat auch ihm den Magen ausgepumpt und ihm Medikamente gegen das Gift verabreicht. – Genau wie bei deiner …, ich meine, wie bei Johanna Brandner." Kremmel hüstelte etwas und fuhr fort. „Bei seiner unfreiwilligen Stunteinlage hat er sich einige Knochenbrüche und Prellungen zugezogen. Doch das wird er in ein paar Wochen überstanden haben. Dann wartet der Prozess auf ihn – und anschließend wohl eine psychiatrische Klinik."

Florian nickte und griff gedankenverloren nach seinem Kaffeebecher. Dabei stellte er sich so ungeschickt an, dass er gegen ihn stieß und der Becher fünf Stockwerke in die Tiefe fiel. Sofort beugten sich die Männer über die Brüstung. Der Becher schlug unten auf, der Kaffee ergoss sich auf eine Grünfläche.

„Zum Glück verlief dein letzter Einsatz entschieden besser", sagte Kremmel trocken. „Und nun geh' schon zurück ins Krankenzimmer. Vielleicht wacht sie bald auf. Und dann pass gut auf das Mädchen auf – sonst übernehme ich das für dich!" Florian kratzte sich verlegen am Hinterkopf. „Du hast schon richtig verstanden, oder?", fragte Kremmel. „Schließlich habe ich Augen im Kopf. Sei nicht so dumm wie ich. Eine gute Partnerschaft ist die Basis für gute Leistungen im Job. Und ich werde zugreifen, wenn ich wieder eine Chance bekomme."

Florian sah seinen Chef an, sah das ironische Lächeln und die traurigen Augen. So offen hatte Kremmel noch nie mit ihm gesprochen. „Danke!", entgegnete Florian nur und machte sich auf den Weg zu-

rück in Johannas Krankenzimmer. Johanna stöhnte leise im Schlaf. Sofort nahm Florian ihre Hand und drückte sie sanft.
Seit drei Stunden saß er wieder bei ihr, auf diesem extrem unbequemen Stuhl dicht am Krankenbett. Die Dämmerung war hereingebrochen, die Abendvisite hatte vorbeigesehen, inzwischen hatte sich auch die Nachtschwester vorgestellt. Florian beugte sich vor, so dass er in Johannas blasses Gesicht sehen konnte. „Wann wachst du endlich auf?“, fragte er leise.
Johanna gab keine Antwort. Erst zwei Stunden später, Florian hatte sich gerade entschlossen, doch nach Hause zu fahren, rührte sie sich plötzlich. Jeder Muskel schmerzte ihn, doch das war sofort vergessen.
Wie würde es ihr gehen? Vor Anspannung war sein Mund ganz trocken.

Johanna schlug die Augen auf. Sie erkannte Florian, sah sein besorgtes Gesicht mit den drei Pflastern – Und sofort war alles wieder da. Es schien, als rasten die Bilder der letzten Ereignisse wie ein Hochgeschwindigkeitsfilm über eine Leinwand: Paul! Die Jagdhütte! Sein Geständnis und die widerlichen Pilze! Die Hetzjagd durch den Wald! Bei dieser quälenden Erinnerung schrie sie unwillkürlich auf. Florian nahm sie in seine Arme. „Es ist alles gut!“, flüsterte er immer wieder. „Ich bin bei dir!“
„Bin ich … lebe ich noch?“, fragte Johanna leise. Ihre Glieder zitterten und sie konnte nichts dagegen tun.
„Du lebst“, flüsterte Florian. „Und es gibt niemanden, der darüber glücklicher ist als ich.“
Er hielt sie sanft und es dauerte eine Weile, bis das Zittern, das er deutlich spürte und das ihn besorgte, sich legte und ihr Körper wieder Wärme ausstrahlte.
„Hat er mich nicht vergiftet?“, fragte sie leise und ungläubig.
„Er hätte es fast geschafft. Zum Glück habe ich dich gefunden und wir konnten noch rechtzeitig entkommen“, erklärte Florian. „Zwei Stunden später, und es wäre knapp geworden. Man hat dir den Magen ausgepumpt und …“
„Ausgepumpt?“, rief Johanna. „Wie, mit einem Schlauch?“
Florian hob die Schultern. „Schätze mal, dass das so funktioniert. Ich

war nicht dabei. Und ehrlich gesagt, habe ich kein Interesse, es selbst auszuprobieren. Ich bin ziemlich feige beim Arzt."
„Ich habe geträumt. Von einer Schlange, die in meinen Mund kriechen wollte", krächzte Johanna. „Weißt du, ich meine, hat man dir gesagt, ob ich mich gewehrt habe beim Auspumpen?"
Florian lachte leise. „Nein, keine Ahnung. Aber bei deinem Temperament könnte ich mir das gut vorstellen."
Johanna lächelte und strich zärtlich über seine Pflaster. „Was hast du da abbekommen?"
„Nur ein paar Glassplitter, nicht der Rede wert", antwortete er.
„Du bist überhaupt nicht feige!", widersprach Johanna mit erstaunlich fester Stimme. „Du … Du hast mir das Leben gerettet. Ich habe …, weißt du, Paul hat …"
„Psst!", sagte Florian leise und legte vorsichtig seinen Zeigefinger an ihren Mund. Eine Geste, die sie auch von Paul kannte. Aber bei Florian hatte es nichts Erschreckendes.
„Ich musste es einfach tun, es war mein Job!", sagte er und sah sie abwartend an. Wie würde sie reagieren?
„Dein Job? Nur dein Job?", fragte sie, nachdem sie erstaunlich energisch seine Hand fortgeschoben hatte. Sie reagierte, wie er erhofft hatte. Erleichtert lachte er auf. Schließlich strich er ihr eine Haarsträhne aus dem Gesicht.
„Ich hätte mein Leben für deines gegeben!", sagte er leise und so dicht neben ihr, dass sie seine Worte wie einen sanften Sommerwind auf ihrer Haut fühlte. Sie sah in seine Augen und für einen Augenblick stand die Welt still.
„Florian, ich …"
„Psst! Jetzt nicht, du musst dich schonen!", forderte er sie auf. Dann schloss er mit einem zärtlichen Kuss ihren Mund.

Am darauffolgenden Tag bekam Johanna Besuch von ihrer Mutter und ihrer Großmutter. Sophia erschrak über Johannas blasses Gesicht, die Augenringe und die brüchige Stimme, bemühte sich aber, sich nichts anmerken zu lassen.
Nur Oma sagte, was Sache ist. „Du siehst schrecklich aus, Hannerl!

Wie geht es dir denn?" Damit zog sie den Stuhl heran und setzte sich ganz nah zu ihrer Enkelin.
„Es geht schon, Oma." Johanna streckte die Hand aus und ihre Großmutter legte die ihre hinein. „Und wie hast du alles überstanden?"
Die alte Dame lachte. „Gut, wie du siehst. Ich bin aus derbem Holz geschnitzt, das weißt du doch. Und dem Paul würde ich am liebsten den Hals umdrehen."
„Aber Mutter!", sagte Sophia erstaunt. „Das wäre doch auch keine Lösung. Ich denke, er ist krank und keiner konnte damit rechnen."
„Na, die Gschwenderin hat sich bei uns ausgeheult. Sie war völlig verzweifelt", erklärte Oma ihrer Enkelin. „Kein schlechtes Wort hat sie auf ihren ‚Bub' kommen lassen. Als sie am Ende behauptet hat, dass du dem Paul den Kopf verdreht hättest, haben wir sie rausgeworfen."
„Es ist wirklich ein Schock für seine Eltern. Nicht genug, dass ihr Sohn ein mehrfacher Mörder ist, sie stehen ja auch mit ihrem Hof vor dem Nichts", gab Sophia zu bedenken.
„Wichtig ist einzig, dass unser Hannerl wieder gesund wird!", unterbrach Oma mit strengem Ton. Dann wühlte sie in ihrer altmodischen, großen Handtasche und zog einen weißen Umschlag heraus. „Das soll ich dir vom Neumeier geben. Er war vor zwei Tagen bei uns. Ich hatte ihn angerufen."
Zögernd und staunend nahm Johanna den Umschlag entgegen. „Du hast ihn angerufen?"
„Natürlich, wie sollte er denn sonst erfahren, was geschehen war und weshalb du dich nicht gemeldet hast? Aber er hatte es schon in der Zeitung gelesen. Er kam noch am gleichen Tag zu uns nach Hause. Wir haben uns sehr gut unterhalten und er wusste sogar, dass ich seinen Großvater kannte." Oma lächelte schelmisch. „Er ist wirklich ein hübscher und galanter junger Mann."
Johanna öffnete den Umschlag und zog einen handgeschriebenen Brief heraus. Leon Neumeier wünschte ihr beste Genesung und versprach ihr, das Stellenangebot weiterhin offen zu halten, bis sie in der Lage sei, ihm ihre Entscheidung bekannt zu geben. Johanna ließ den Brief sinken.
„Du hast ja sogar ein wenig Farbe auf den Wangen!", stellte Sophia erfreut fest und lächelte. „Ist es etwas Positives?"

„Ich kann die Stelle haben. Oma hat dir doch sicher davon erzählt", sagte Johanna.
„Natürlich, gleich nachdem ich von der Reha-Klinik heimkam. Als ich gehört habe, was dir passiert ist, hat mich nichts mehr dort gehalten. – Ach übrigens, da war noch ein Besuch, ein junger Mann, der sich uns als Herr Buchner vorstellte. Ist das nicht ein Lehrer aus unserer Grundschule?"
„Ja", antwortete Johanna knapp. In den letzten Tagen hatte sie immer wieder an ihn gedacht und sich dabei geschämt, dass sie ihn verdächtigt hatte.
Sophia lächelte. „Und?"
„Was, und?", fragte Johanna gereizt. „Ich war mal mit ihm aus, das ist alles." Dann wandte sie sich an ihre Großmutter. „Danke Oma, dass du Florian auf die richtige Fährte geschickt hast".
„Das ist das eine", meinte sie trocken. „Ob du auf der richtigen Fährte bist, wird sich noch zeigen. Ich mag ja alt und verkalkt sein, aber in dieser Sache stellst du dich an wie eine Hundertjährige."
„Gibt es da etwas, was ich wissen sollte?", fragte Sophia pikiert und sah von ihrer Tochter zu ihrer Mutter.
Johanna senkte ihren Blick und betrachtete so intensiv ihre Bettdecke, als stünde sie vor dem Gemälde eines außergewöhnlichen Künstlers. Oma lächelte verschmitzt. „Hauptsache, s'Hannerl weiß, was gemeint ist!"

Zwei Tage später stand Tom Buchner plötzlich in Johannas Krankenzimmer. In der Hand hielt er einen großen Strauß roséfarbener Rosen. Unsicher, fast verlegen, blieb er gleich hinter der Tür stehen und sah Johanna wortlos an.
„Hallo Tom", sagte sie leise.
„Hallo Johanna. Wie geht es dir? Darf ich mich zu dir setzen?"
„Danke, es geht mir ganz gut. Ich werde morgen entlassen", antwortete sie ihm und deutete mit der Hand auf den Besucherstuhl.
„Ich hole noch schnell eine Vase und bin sofort bei dir", sagte er und schlüpfte lautlos aus dem Zimmer.
Johanna schloss die Augen, fühlte ihr Herz unruhig schlagen. Freute sie sich? Es strengte sie an, nachzudenken. Seit Tagen litt sie unter

leichtem Dauerkopfschmerz und dieser schien sich nun zu verstärken. Als sie die Augen aufschlug, stand Tom schon am Waschbecken und füllte Wasser in die Vase.
„Sie sind wunderschön", sagte Johanna, als er die Blumen auf den kleinen Tisch vor dem Fenster stellte.
„Genau wie du", sagte er leise. Er setzte sich auf den Besucherstuhl und nahm Johannas Hand. Seine war kühl und etwas feucht und Johanna unterdrückte den Impuls, ihre Hand sofort zurückzuziehen.
„Ich war ganz krank vor Sorge", begann er. „Der Vorfall verbreitete sich wie ein Lauffeuer im ganzen Dorf. Als ich es erfuhr, bin ich sofort zu deiner Großmutter gegangen. Leider war sie nicht sehr auskunftsfreudig. Erst deine Mutter verriet mir, in welcher Klinik du liegst."
Johanna lächelte und dachte an Oma.
Tom deutete ihr Lächeln falsch. „Es wird alles gut. Wenn du erst gesund bist, können wir uns ganz unbeschwert kennenlernen. Ich freue mich so darauf." Er drückte ihre Hand und ließ dann etwas locker. Johanna nutzte die Möglichkeit, ihre Hand schnell wegzuziehen. „Tom, ich …", begann sie und biss auf die Lippen.
Tom saß neben ihr, der Schwarm aller Frauen, auf jenem unbequemen Stuhl, auf dem Florian viele Stunden ausgeharrt hatte. In den letzten Tagen hatte sie Florians Nähe so genossen. Wenn er nicht da war, erwartete sie ungeduldig seinen Besuch. Er brachte keine Rosen mit, aber er gab ihr ein Gefühl – das Gefühl, bei einem Menschen zu Hause angekommen zu sein. Und nun sehnte sie sich ihn herbei, so intensiv, dass es fast körperlich schmerzte. Sie musste Tom unbedingt sagen, was mit ihr los war, auch wenn sie ihn damit verletzte.
„Was ist?", fragte er. „Strengt dich mein Besuch an, soll ich …" „Nein, Tom, das ist es nicht", begann Johanna mit fester Stimme. „Ich glaube nur, dass aus uns kein Paar werden kann. Die letzten Tage haben mich sehr verändert und mir ist einiges klar geworden." Dann fügte sie leise hinzu: „Es tut mir leid, Tom!"

Er sah sie an, erstaunt, aber nicht enttäuscht. „Du wirfst alles weg, bevor wir die Chance haben, es zu probieren?" „Versteh' doch, ich mag dich, aber ich bin nicht in dich verliebt. Ich will dir nichts vormachen!", sagte Johanna und verschränkte die Arme. Als er nichts sag-

te, sah sie ihn eindringlich an. Seine Augen wirkten plötzlich müde. Ruckartig stand er auf und ein trotziger Zug umspielte seinen Mund, als er zu ihr sprach: „Ich fahre morgen nach Würzburg. Es gibt dort eine liebe Bekannte, eine Freundin meiner verstorbenen Verlobten. Sie hat mich eingeladen. Das wollte ich dir noch sagen."
„Ach, so ist das!", fuhr Johanna auf. „Du hättest still und leise getestet, wer die passende Frau für dich ist, ohne dass die eine von der anderen weiß. Sehr clever!"
„Nein, so ist das nicht, ich … ich", stotterte er. „Ich sehe schon, du bist noch krank. Erhole dich! Wenn ich wiederkomme, rufe ich dich an."
„Bitte geh' jetzt!", sagte Johanna und wandte ihr Gesicht ab. Ohne ein weiteres Wort verließ Tom das Krankenzimmer. Als er weg war, weinte Johanna. Es waren Tränen der Erleichterung und mit ihnen löste sich endlich aller Schmerz der letzten Tage.

Am Nachmittag erschien Lena. Sie brachte Johanna ein kleines, geschnitztes Schutzengelchen mit.
„Es ist geweiht, ich habe es extra für dich bei einem Holzschnitzer in Bodenmais ausgesucht", erklärte Lena. „Ich glaube, du kannst es gebrauchen." Dann setzte sie sich zu Johanna ans Bett und sah sie ernst an.
„Sag' mal, geht es dir nicht gut? Du bist blass wie mein Bettlaken und die Augenringe sprechen nicht für deine Kosmetik. Was ist los?", fragte Johanna. Dabei verschwieg sie ihre Verwunderung über Lenas Sommerkleid. Es war sehr figurnah, mit tiefem Dekolleté und flippigem Retro-Muster.
Lena versuchte nicht einmal abzuwiegeln. „Ich habe einige schlaflose Nächte hinter mir. Zuerst war Lilly krank, dann Leander und mit Hans habe ich die letzten Wochen eigentlich immer nur Streit. Vielleicht sollte ich mal Pilze sammeln und ihm was Feines kochen?" Sie versuchte zu lächeln, aber es wurde nur eine gequälte Grimasse.
Johanna dachte an ihr Zusammentreffen mit Hans am Karpfenweiher und schwieg betroffen. Stattdessen fasste sie Lenas Hände und streichelte sie wie die eines kleinen, traurigen Kindes.
„Das tut mir leid", flüsterte sie.

„Ach, mach dir keine Gedanken!“, rief Lena plötzlich. „Du bist hier das Sorgenkind – und ich jammere! Wie geht es dir? – Mann, ich habe mir fast in die Hose gemacht vor Sorge. Dass dich der Paul vergiften wollte, hatte sich im Dorf in Windeseile verbreitet. Du kannst dir nicht vorstellen was los ist!“
Johanna setzte sich auf.
„Oh doch“, sagte sie langsam. „Ich glaube ich kann das.“
„Nein!“, rief Lena. „Wahrscheinlich haben deine Mutter und Großmutter es dir noch nicht erzählt, aber euer Haus wird quasi belagert. Jeder will genau wissen, was passiert ist. Presseleute waren auch schon da, sogar das Fernsehen!“ Lena stand auf und fuchtelte mit ihren Armen durch die Luft. „Und stell dir vor, anfangs hat die Gschwenderin versucht, alle Schuld den Mordopfern und natürlich dir zu geben! Das war grotesk und peinlich! Am Schluss hat sie sich so reingesteigert, dass sie in eine Klinik eingeliefert werden musste!“
Johanna starrte Lena mit großen Augen an. „Dann ist der Albtraum also noch nicht zu Ende“, flüsterte sie kraftlos.
„Ich fürchte, du hast Recht“, sagte Lena leise. „Aber ich bin für dich da, wann immer du mich brauchst.“ „Danke, das ist lieb“, hauchte Johanna und schluckte die aufsteigenden Tränen hinunter. „Dass der Florian dich gefunden hat“, begann Lena, „ist doch wunderbar, oder? Wart ihr nicht mal ein Paar, damals? Du hast nie darüber gesprochen.“ Noch während sie das sagte, fing Lena unvermittelt an zu weinen. Sie saß neben dem Krankenbett wie ein verzweifeltes Kind, das seine Eltern auf einem Bahnhof verloren hatte und schluchzte auf. Hilflos sah Johanna sie an.
„Der Hans“, stieß Lena stockend hervor, „würde bestimmt nicht mehr um mich kämpfen. Und ich weiß auch nicht, ob er es je getan hätte.“
„Das tut mir so Leid, Lena!“, sagte Johanna und reichte Lena ein Taschentuch. Sie schnäuzte kräftig hinein und sah dann mit verquollenen Augen Johanna herausfordernd an.
„Also, wart ihr nun ein Paar oder nicht?“ Johanna zögerte, sah aus dem Fenster, dann wieder zu Lena. „Ja“, antwortete sie schließlich. „Kurz bevor er an die Polizeihochschule ging. Aber das war es dann auch.“
Lena schwieg, nickte und faltete die Hände wie zum Gebet. „Und verrätst du mir, ob dir Tom Buchner gefallen würde?“, fragte sie leise.

Johanna fing an zu lachen, so laut, dass Lena sie irritiert anstarrte. „Ich war mit ihm aus. Und weißt du, dass ich ihn verdächtigt habe, ganz kurz nur, aber immerhin? Wegen seiner Kenntnisse über Pflanzen und seiner Liebe zum Wald. Als du mir vor der Apotheke von dem Picknick erzählt hast, wurde ich misstrauisch. Ist das nicht verrückt?" Johanna fuhr sich mit gespreizten Fingern durch ihr Haar. „Irgendwie ist alles verrückt", seufzte Lena. „Aber was ist nun mit Florian? Seid ihr ... Ich meine, wie geht es weiter?" Johanna biss sich auf die Lippen und starrte wieder aus dem Fenster. „Das weiß ich noch nicht", sagte sie so leise, dass Lena Mühe hatte, sie zu verstehen.

Florian sah die Rosen sofort, als er am nächsten Tag zu Johanna ins Krankenzimmer trat, um sie abzuholen. Zunächst sagte er nichts, aber sie erkannte an der Art, wie er sie begrüßte, dass es ihn beschäftigte. „Ist es dir lästig, mich abzuholen?", fragte sie und hoffte, ihn damit aus der Reserve zu locken.

„Wie kommst du darauf? Ich freue mich, dich endlich nach Hause bringen zu können." Schweigend sahen sie einander an, dann packte Johanna ein paar letzte Kleinigkeiten in ihren Koffer und verschloss ihn.

„Wir können los", sagte sie und lächelte ihn an. „Meinen Abschlussbericht habe ich schon bekommen."

„Was ist mit den Blumen?", fragte er und zeigte mit dem Kopf in Richtung Vase.

„Ach ja, die hätte ich fast vergessen", sagte sie. Dann ging sie zum Tisch und holte den Strauß vorsichtig heraus.

„Von wem sind die Rosen?", fragte Florian und es ärgerte ihn, dass seine Stimme zitterte vor Eifersucht. Er hätte ihr auch Rosen bringen sollen, doch vor Sorge hatte er es vergessen.

„Sie sind von Tom Buchner", erklärte Johanna und beobachtete seine Reaktion, bereit, die kleinste Veränderung in seinem Gesicht zu registrieren. Doch sein Gesicht blieb ausdruckslos. Lag das an seiner beruflich geschulten Selbstbeherrschung oder bedeutete sie ihm nichts? Plötzlich war sie verunsichert. Schweigend ging er nun neben ihr den Gang entlang, ihren Koffer hinter sich her ziehend. Johanna trug den Blumenstrauß, sah seine leicht gebeugten Schultern. Und da war auch diese kleine Falte neben dem linken Mundwinkel, jene Falte, die sich vertiefte, wenn er traurig war.

Die Falte war ihr schon früher aufgefallen. Damals war sie zwar noch nicht so ausgeprägt, aber schon deutlich zu sehen gewesen, sobald er unsicher oder traurig war. Sie erinnerte sich an den Nachmittag, an dem er sein geliebtes Bärchen verloren hatte. Er hatte überall nach ihm gesucht und geweint und war irgendwann völlig verzweifelt vor ihr gestanden. Diesen Gesichtsausdruck hatte sie nie vergessen. Und sie war damals diejenige gewesen, die den dicken Plüschbär aus einem mannshohen Maisfeld geborgen hatte. Dorthin hatten einige Jungs aus dem Dorf den Bär geworfen, als Florian ihn für einen Moment unbeaufsichtigt auf der Spielwiese am Dorfrand gelassen hatte.
„Warte bitte noch einen Moment!", rief Johanna ihm nach.
Florian blieb stehen und drehte sich zu ihr um. „Was ist los, hast du etwas vergessen?", fragte er.
„Ja", antwortete sie und lächelte ihn an. „Ich möchte diesen Rosenstrauß im Schwesternzimmer abgeben."
Er zog die Augenbrauen in die Höhe und schwieg.
„Er bedeutet mir nichts", ergänzte Johanna und klopfte an die Glasscheibe zum Schwesternzimmer.
Als sie ohne Rosen wieder auf den Gang trat, stand Florian noch auf demselben Fleck. Die kleine Falte am Mund war verschwunden. „Lass uns gehen!", sagte er leise.

Neue Wege

Eine Woche später hatte Johanna ihren Arbeitsvertrag unterzeichnet und ihn auf Einladung von Leon Neumeier persönlich in seinem Büro abgegeben. Dort hatten sie weitere Details besprochen und von Minute zu Minute verstärkte sich Johannas Überzeugung, sich richtig entschieden zu haben.

Als sie aus dem Firmengebäude trat, holte sie ihr Handy aus der Handtasche. Sie hatte vor, Florian zum Essen einzuladen. Immerhin gab es etwas zu feiern! Das Display zeigte an, dass sie zwei SMS erhalten hatte. Sie öffnete die erste Nachricht – sie kam von Ulla: „Hallo Urwaldkind! Was ist los mit dir? Vermisse ein Lebenszeichen. Bitte melde Dich! LG Ulla"
Johanna lächelte. Ulla, die Arme, hatte sie in all der Aufregung vergessen. Sie würde ihr antworten, heute Abend noch. Dann öffnete sie die zweite SMS – sie war von Florian!
„Hallo! Möchte dich zum Essen einladen. Heute Abend um 18 Uhr?
Florian
Gerne', flüsterte Jahanna und fröhlich und unbeschwert hüpfte sie wie ein kleines Mädchen über den Parkplatz zu ihrem Auto, das zwischenzeitlich in einer Werkstatt repariert worden war.

Er lag auf der Liege und starrte auf die Decke. Das Abendbrot hatte er noch nicht angerührt. Obwohl die Schüssel abgedeckt war, erfüllte penetranter Essensgeruch die kleine Zelle.
Er hasste Erbsensuppe.
Und er hasste es, hier zu sein.
Es war nicht richtig.
Er musste zu ihr.
Er liebte sie doch so sehr.
Er verschränkte seine Arme unter dem Kopf. Noch schmerzten seine Rippen, das linke Handgelenk und die Wunde am Ellenbogen. Auch die Prellung am Hüftgelenk drängte sich auf der harten Pritsche unangenehm in Erinnerung.

Doch wenn er an sie dachte, war alles vergessen.
Er lächelte.
Sollten sie ihm doch Erbsensuppe servieren, so oft sie wollten.
Sollten sie ihn einsperren. Irgendwann, das wusste er, würde er wieder frei sein. Seine Liebe konnte ohnehin niemand einsperren.
Und wenn der Tag gekommen war, würde er seine Chance bekommen.
Er schloss die Augen und lächelte noch intensiver.
Bis dahin würde er von ihr träumen.
Er würde sie wieder sehen.
Sie würde endlich ihm gehören.
Und niemand wird es verhindern können.

Die Abendsonne tauchte den Himmel in orangefarbene Pastelltöne. Die Luft war mild und würzig, doch kündigte sich der nahende Herbst mit kühler Luft dicht über dem Boden bereits an.
„Es ist wunderschön hier!“, sagte Johanna.
„Genau deshalb wollte ich mit dir hierher kommen“, antwortete Florian.
Sie standen auf dem Holzsteg des Sees und Johanna spürte die herbstliche Kühle an ihren nackten Füßen, die in Riemchenpumps steckten. Florian hatte vorgeschlagen, hierher zu fahren, bevor sie ein Restaurant aufsuchen wollten.
„Wenn man hier steht und das alles sieht, kann man sich nur schwer vorstellen, wie grausam die Welt manchmal sein kann“, sagte Johanna. „Weißt du, was mich die ganze Zeit beschäftigt? Es ist die Frage, was wäre gewesen, wenn du nicht geahnt hättest, wo ich war. Und auch wenn, dann hättest du nie eine Chance gehabt, mich rechtzeitig zu finden, wären dir der Wald und die Hütte nicht schon seit deiner Kindheit bekannt gewesen.“ Johanna verkrampfte ihre Hände, streckte sie wieder aus und strich dann über ihren Rock. „Manchmal kann ich das alles noch gar nicht begreifen.“ Hilfe suchend blickte sie zu ihm.
Florian nahm ihre Hände und drückte sie sanft.
„Ich habe dich aber gefunden“, beruhigte er sie. „Auch ich habe versucht, mir das alles vorzustellen, es aber gleich wieder verdrängt. Du

bist hier und das auch, weil du selbst stark, klug und tapfer warst. Es ist nicht nur mein Verdienst." Er strich mit seinen Daumen über ihre Handrücken. „Das Ganze wird immer in unserer Erinnerung bleiben. Und du kannst mir glauben, ich hätte nicht gewusst, wie ich weiterleben soll, falls ich es nicht geschafft hätte. Vielleicht sollte das alles so sein: Ich bin zur Kriminalpolizei gegangen, um dich eines Tages zu retten." Florians Lächeln erreichte seine Augen nicht.
„Es war wohl eine Bestimmung", flüsterte Johanna. „Und ich hatte das Glück, dass ich nicht an der Stelle der beiden anderen war." Dann sah sie Florian prüfend an. „Weißt du schon etwas Neues von Paul Gschwender? Jedes Mal, wenn ich aus der Tür trete oder aus dem Fenster sehe, werde ich an ihn erinnert. Es ist so deprimierend. Der Hof seiner Eltern liegt wie ausgestorben da und ich fühle mich trotzdem irgendwie bedroht. Und das ganze Dorf schweigt, obwohl sie hinter den Türen bestimmt heiß diskutieren. Aber mich starrt man nur an, als käme ich direkt vom Mars! "
Florian nickte. „Die Menschen müssen das alles erst begreifen. Sie werden dich wieder ansprechen, früher, als dir lieb ist. Jetzt sind sie verunsichert. Und zu Paul gibt es tatsächlich Neuigkeiten. Er ist aus der Klinik entlassen worden und befindet sich jetzt in U-Haft. Nach dem Prozess wird er sich wohl zunächst erst einmal einer Therapie in einer speziellen Klinik unterziehen müssen."
„Und dort wird man feststellen, dass er eigentlich selbst ein Opfer ist", prophezeite Johanna bitter. „Vielleicht stimmt es sogar? Aber ich habe Angst! Was ist, wenn er wieder frei kommt?"
Florian legte seine Arme um Johanna. „Dann werde ich dich beschützen!", sagte er leise, doch mit fester Stimme, und sah sie dabei so eindringlich an, dass Johanna die bernsteinfarbenen Pünktchen in seinen Augen wie Juwelen im Sonnenlicht aufblitzen sah.
„Du kannst aber nicht immer bei mir sein", stellte sie nüchtern fest.
„Es kommt darauf an. Es kommt auf dich an, Johanna!"
Florian zog sie noch näher zu sich heran, schmiegte sein Gesicht an ihres und flüsterte ganz nah an ihrem Ohr: „Weißt du noch, was ich dich hier einmal gefragt habe?"
Johanna antwortete nicht. Der Duft ihrer federweichen Haare war ihm so vertraut. „Weißt du es noch?", fragte er noch einmal.

Johanna fröstelte plötzlich, als ein kleiner Windstoß über den Weiher strich. „Natürlich weiß ich es noch“, sagte sie mit zittriger Stimme.
„Ist dir kalt?“, fragte Florian besorgt und legte seine Arme zärtlich noch ein wenig enger um sie. Dabei schob er eine Hand unter ihr dünnes Kaschmirjäckchen.
„Du hast mich gefragt, ob ich dein Mädchen werden will“, flüsterte Johanna. „Aber ich bin kein Mädchen mehr, ich bin eine Frau.“ Sie lehnte ihren Kopf an seine Brust. Ganz deutlich spürte sie seinen Herzschlag.
Florians Hand lag auf Johannas Rücken, nahm dabei jede Rippe unter der Haut wahr und ihre Zerbrechlichkeit ließ eine große Zärtlichkeit in ihm aufsteigen. Nur die dünne Bluse trennte seine Hand von ihrer Haut und es kostete ihn enorme Überwindung, nicht dem Drang zu folgen, seine Hand sofort unter ihre Bluse zu schieben und endlich ihre warme, weiche Haut zu spüren.
„Dann werde ich an der Frage ein einziges Wort ändern“, sagte er schließlich sanft. „Und ich hoffe, dass du eines Tages darauf antworten möchtest.“
„Vielleicht“, hauchte Johanna. „Aber nur, wenn du deine Meinung nicht nach ein paar Tagen schon wieder änderst. Und …“ Sie stockte, denn die kleine Falte neben seinem Mund tauchte plötzlich auf.
„Ich liebe dich“, sagte er. „Und ich möchte dich nie wieder verlieren.“
Johannas Puls fing an zu rasen. Diesmal war es keine Panik, die ihren Körper durchflutete, sondern eine Art elektrischer Impuls, der ihre Zellen belebte und alle Ängste ausschaltete. Sie wusste in diesem Moment, dass sie endlich richtig zu Hause angekommen war, und es schien ihr unbegreiflich, weshalb sie all die Jahre verdrängt hatte, wie viel sie noch für ihn empfand. „Ich liebe dich auch“, hauchte sie. „Und wenn du möchtest, kannst du mich bald fragen.“
Florian lächelte sie an. Die kleine Falte milderte sich. Dann küsste er sie und ihre Körper schmiegten sich aneinander, als wollten sie miteinander verschmelzen. Hier auf diesem Steg, für immer und ewig. Johanna streichelte seinen Rücken und es erregte sie, dass zwischen ihnen nur eine dünne Schicht Stoff war. Sie wünschte sich nichts sehnlicher, als sein Hemd zu öffnen und seinen muskulösen Körper mit unzähligen Küssen zu bedecken.

„Hast du eigentlich noch deinen kleinen Bär?“, fragte sie, als er sie endlich wieder ein wenig frei gab. „Ich meine, den aus Plüsch.“
„Natürlich, was denkst du denn?“, antwortete er mit gespielter Empörung. „Er hat seinen Ehrenplatz in meinem Schlafzimmer.“
„Auf deinem Bett?“, fragte sie lachend.
„Nein, auf einem Regal mit Blick zum Bett“, erklärte er grinsend. „Darf ich dir mal meine Bärensammlung zeigen? Sie ist äußerst sehenswert, der Wertvollste hat sogar einen goldenen Knopf im Ohr.“
„Nun ja“, sagte Johanna lachend. „Wollten wir nicht essen gehen?“
„Wir könnten danach etwas essen“, schlug Florian vor. „Falls du dann überhaupt noch Hunger hast. Bei mir gibt es nämlich noch viele andere wertvolle Sachen zu entdecken.“
„Und verrätst du mir, welche?“, fragte Johanna mit froher Erwartung in der Stimme.
„Das musst du schon selbst herausfinden“, neckte er sie mit breitem Grinsen.
Johanna nahm seine Hand. „Worauf warten wir noch?“, fragte sie. „Wir haben viel nachzuholen.“

Marianne Loibl, geboren 1967 in Dillingen, liebte es bereits als Kind, sich Geschichten auszudenken und sie aufzuschreiben. Neben erfolgreichen Sachbüchern hat die Autorin auch zahlreiche Kinder- und Jugendbücher veröffentlicht. Junge Leser liegen der Autorin besonders am Herzen. In ihren Kindern hat sie konstruktive Kritiker und täglich Ansporn, spannende Geschichten zu entwickeln, die junge Menschen von heute berühren und ansprechen. Marianne Loibl lebt mit ihr Familie in München. Als Tochter eines gebürtigen „Waldlers" erlebte die Autorin von Kindesbeinen an viele zauberhafte Sommer im Bayerischen Wald und hat nicht vor, mit dieser liebgewordenen Tradition zu brechen.